「あああっ、んうっ、はあっ、あ、やぁっ、んぁっ」
動くたびに、チャプン、チャプンと、
激しく湯が波立つ。
「梨沙も動いてみて？ より悦くなるから」
「う、んっ」
梨沙も勇気を出して篤史の動きに合わせて
上下に身体を揺すってみた。

お義兄様の独占愛が強すぎます！

〜エリート社長と溺甘同居〜

御子柴くれは

Vanilla文庫Miel

CONTENTS

イラスト／さばるどろ

序章　義兄とふたり暮らし

始まりは、実家のある岩手在住の父親からの電話だった。

「え、なんで私がお義兄《にい》ちゃんの家に住まなきゃいけないの⁉」

『なんでだと？　この前ストーカー被害に遭ったばかりじゃないか！　犯人はまだ捕まってないんだぞ？　いつまでそのボロアパートにいる気なんだ⁉』

警察沙汰になったわけではないのでストーカー被害とは大げさだったが、確かに何者かに跡をつけられたり無言電話が続いたりしていたことは事実だ。

「そりゃあ、ちょっとは怖い目に遭ったのは否めないけど、花のひとり暮らしを満喫してたところなのに！　私もう二十五歳なんだよ⁉」

『花のひとり暮らし？』

はん！　と、父親はバカにしたような声を上げた。

『彼氏のひとりも紹介しないでよく言うな！』

「むっ、か、彼氏はいるよ！」

どもったものの、実は彼氏はいるのだ。ただし交際三ヶ月目という、最近できたばかりの非常に短いカップルだということは秘密である。

「だからお義兄ちゃんが一緒となると、その、何かと困るんだけど……」

しかし父親は譲らない。

『何言ってるんだ！　篤史《あつし》はＩＴでベンチャー企業を一から興して経営して、立派に東京で生活してるんだぞ！　東京に出たくせに適当に就職して遊んでるお前とは違うんだからな！』

「……うっ」

ぐうの音《ね》も出ないが、比べられるからいやなのだ。だから反抗はしてみることにする。

「で、でもお義兄ちゃんだって年頃なんだから、ひとり暮らしのままのほうがいいんじゃないの？」

『それが梨沙《りさ》と一緒のほうがいいって言うんだ。本当にあいつは妹思いだよな』

電話越しの父親が、うれしそうに目を細めているような気がした。義理の兄妹《きょうだい》なのだから、当然なのかもしれない。

けれど、梨沙は驚きを隠せない。

「そうなの⁉　あの、お義兄ちゃんが？」

三個上の義兄、篤史は子供のころ、とてもやんちゃな兄だった。何かと問題を起こして、妹の梨沙はよくその尻拭いをさせられていた。

（そんなお義兄ちゃんが、妹思い――？）

梨沙は心の中で首を傾げながら、篤史を思い出す。

「お母さんは承知しているの？」

『もちろん。篤史のところにいたほうが、何かと安心だろうって賛成しているんだ』

「……そう」

これはもう有無を言わせず承諾するしかない、そう覚悟する梨沙だった。


井上《いのうえ》篤史が佐藤《さとう》梨沙の兄になったのは、梨沙が六歳のときだ。実の母親を早くに亡くし、父の忠雄《ただお》とふたりで生きていたところ、忠雄に再婚相手が現れた。義母になった文子《ふみこ》には九歳の連れ子、篤史がいた。だから梨沙と篤史は小さいころから一緒だが、厳密に言うと血の繋《つな》がりはない。義兄、ということになる。

それでも佐藤家は、本当の家族のように幸せな生活を送ることができた。大きな喧嘩も諍いや争いもなく――もちろん兄妹喧嘩《げんか》は数限りなくあったけれど――、普通の家庭と同様に家族仲を深め、同じときを一緒に過ごしてきた。

梨沙は地元の女子校から女子大に進学し、卒業後、東京で就職した。

対する篤史は地元の大学を卒業したのち、東京へ出て一から会社を興した。その会社も軌道に乗り、いまは誰もが認める敏腕社長となっているらしい。らしい、というのは梨沙はしばらくこの義兄《あに》とは会っていないからである。前述したように、兄妹の出来で比べられるものだから、梨沙は自然と義兄を避けるようになっていた。

「……だからと言って、何も一緒に暮らさなくてもいいよね」

渋々ながら、梨沙はいま荷造りをしている。

利便性は若干悪いが、住居環境と家賃の安さを優先して２ＬＤＫの広いアパートに住んでいたから、この気ままなひとり暮らしとお別れするのは非常に悲しい。

カタンと、通り過ぎざまに棚から写真立てが落ちた。

「あ、家族写真が……」

梨沙は段ボールを運ぶ手を止め、写真立てを拾い上げる。反射的に写真を見た。

両側に忠雄と文子、真ん中にいまとたいして変わらない平凡な顔に長い髪の梨沙、それから少し離れたところに篤史という構図だ。梨沙が実家を出るさい、寂しがることがないようにと――いま思えばそんなことは微塵《みじん》もなかったのだが――、忠雄からもらったものだった。

写真の中の篤史はまだ子供だったから背が低く、なぜか仏頂面、前髪の長い、いかにもオタクで陰キャという感じで、愛想がまったく感じられない。髪はぼさぼさ、服装も地味なよれよれのTシャツにチノパンという、何も気を遣わないさまが伝わってくる。

そう言えば、梨沙の東京行きにひとり反対したのは篤史だったことが頭をよぎる。

思春期に入ってから、途端に妹に興味を示さなくなったのは、篤史のほうだったはずなのに。

「それまでは、梨沙、梨沙ってよく甘やかしてくれてたんだけどねえ」

懐かしそうに過去を回想しながら、梨沙は独り言《ご》ちる。

それなのに、なぜいまさら篤史は梨沙と関わろうとするのだろうか。まさか一緒に住む
なんて、いまの梨沙にとってはおおごとだ。

しかし義理とはいえ、家族として一応は大事な兄だ。無下にするわけにもいかない。

「いまさら話が合うとも思えないけど、まあ、仕方ない……」

さてとと、重い腰を上げたとき、インターホンが鳴った。

「はーい！」

日曜日の昼間、宅配便か何かだろうか。

玄関に行ってドアを開けた梨沙は、目の前の人物を見て、つい下品な声を上げてしまう。

「げっ⁉」

「〝げっ⁉〟とは、ご挨拶《あいさつ》だな」

苦笑する青年こそ、義兄の篤史そのひとだったからだ。

「お、お、お義兄ちゃん⁉」

一発でわかった自分をまずは褒めてあげたいと、梨沙は思う。長年一緒に暮らしていた兄の顔を見間違えるわけがないのだが、ついさっきまで見ていた写真や記憶にある篤史の姿からは、想像できないほど彼は変貌していた。

こうして会うのは、彼が実家を出て以来である。梨沙が在学中は事業に忙しいと篤史は実家に帰ってこなかったし、梨沙が実家を出てからは帰省するタイミングが合うことはなかった。

「ど、ど、どうしたの⁉」

「どうしたもこうしたも、うちに引っ越すんだろ？　手伝いに来たんだよ」

「そ、そうじゃなくて、その姿！　それに今日来るとは聞いてないわよ！」

そうだったか？　と、篤史は飄々《ひょうひょう》としている。

篤史は遅い成長期だったようで、子供のころから身長が十センチ以上伸び、百八十センチはゆうに超えている。さらに暗い印象を与えていた長い前髪は切られ、全体的にさっぱりとした短髪になっていた。

元々、文子に似て顔の造形は悪くなかったので、きりりとした眉に涼しげな瞳、高い鼻、薄い唇と、均整の取れた顔立ちが、いまははっきりとしている。服装も暖かくなり始めた三月にふさわしいジャケットに、品のいいシャツとジーンズを合わせていた。

（これが、お義兄ちゃん——!?）

「そんな目を丸くしなくても、俺は俺だってば」

はははっと篤史が笑うと、まるでちょっとしたモデルがはにかんでいるようだ。

「い、いや……変わりすぎ、じゃない？」

あくまで子供で〝兄〟だった篤史は、いまや立派な大人の〝男〟として成長していた。

「東京に来てから、思い切ってイメチェンしたんだけど……変、かな？」

照れたように頭をガシガシとかく篤史を前に、不覚にも梨沙はドキリとしてしまう。

「う、ううん！」

だからそう答えることが精一杯だった。

すると篤史は、にこりと微笑む。

「よかった。梨沙におかしいって言われたら、前みたいに戻すところだったよ」

「いやいやいやいやいや、それはダメ‼」

妹としては、せっかく手に入れたイケメンの兄をいまさら手放すことはできまい。

篤史は「そ、そう……？」と、梨沙の迫力に気圧《けお》されているようだ。

「ところで、荷物はあとで業者が持っていってくれるんだろ？　荷造りだけ手伝うよ」

「ありがとう。そのためにわざわざ来てくれたの？」

「うん。一足先に梨沙の安全を確保したくてね。ストーカー被害のこと、親父に聞いたよ」

「ああ……」

梨沙はあまり思い出したくなかったので、適当に言葉を濁した。

「まあ、大丈夫よ。でもまだ部屋の整理ができてないの。せっかくだから、手伝ってもらうね」

「了解！」

篤史は部屋に上がると、さっそく積んであった段ボールを片づけ始めた。

そのうしろ姿を見つめながら、梨沙はなぜ篤史は昔のように自分に接してくれるようになったのだろうと考えていた。


大人になってからも、梨沙と篤史は特に仲がいいというわけではなかった。だから梨沙は篤史がいま住んでいる場所も物件も何も知らずに引っ越すことになり、まずその外観を見て驚いた。

「な、何これ……」

ガラスの連続と優雅な曲線を描く白い水平ラインにより構成された印象的な建物は、最上階まで見上げると首が痛いほど。港区青山のラグジュアリーなタワーマンションで、表参道ヒーローズ、赤坂サーカス、東京ミッドナイトタウンなど、東京を代表する商業施設が徒歩圏の、好ロケーションであった。

「お義兄ちゃん、こんなところに住んでたの⁉」

「ああ、でも最近だよ」

荷物を運びながら、篤史がなんてことのないように言う。

「梨沙が引っ越してくるって聞いたから、すぐにふたりで住める物件を選んだんだ」

「だ、だからって何もこんなに散財しなくても……」

立地といい外観といい、タワーマンションにまったく縁がない素人でもわかる高級感だ。きっと家賃も想像がつかないほど高いに違いない。

「このマンションには、プライベートガーデンとかスカイラウンジ、インフィニティプール、ジェットバスなんかがあるから、梨沙も好きに使えばいいよ」

篤史はうれしそうに笑っているが、あまりに贅沢な物件に梨沙は開いた口が塞《ふさ》がらない。だいたいインフィニティってなんだ。

豪奢なドアをくぐると、共用部に入っていく。中はどこもガラス張りで開放感があり、幾何学模様を描いた床は大理石のようだ。コンシェルジュがいるホール、ポストのあるクロークを抜ける間、梨沙はいちいち「うわー、うわー」と声を上げながら、篤史のあとに付いてエレベーターまで辿り着いた。エレベーターは三基もあったので、すぐにやってくる。

静かなエレベーターの中、篤史が最上階である四十六階のボタンを押したときには、「ええ⁉」と叫んでしまっていた。

「反応が新鮮でうれしいよ。ここを選んだかいがあった」

「お義兄ちゃん、そんなにお金あるんならもっと義妹《いもうと》を助けてもよかったのよ？」

なんて冗談を告げたら、一転、篤史は深刻そうな顔をする。

「そうしたかったけど、お前はお前の人生があるって思うようにしてたからさ……」

その言葉の意味を咀嚼《そしゃく》し終えないまま、エレベーターはあっという間に最上階に到着した。

廊下には質のいい毛足の短い絨毯《じゅうたん》が敷かれており、足音が吸い込まれる。各部屋のドアも高級感があり、見たことのない形のドアノブに驚いていると、篤史が足を止めた。

「ここが俺たちの部屋」

「ここが……」

呆気《あっけ》に取られたままの梨沙は、篤史が鍵を開けるところをぼうっと見ていた。

ドアが開いた瞬間、マンションの一室なのに、眩《まぶ》しい光が射し込んでくる。

なぜかと思って先に中に入っていく篤史のうしろから顔を覗《のぞ》かせると、部屋の廊下の先のリビングとおぼしき場所が開けており、全面ガラス張りだったからだ。

「な、何この部屋……！」

梨沙は自分が持っていた荷物を取り落とし、広くて豪華な部屋に目を奪われた。

白と黒で統一されたシックなデザインの室内は、梨沙が前に住んでいたアパートと同じ間取りである2ＬＤＫなのに、内装はまったく異なっている。リビングからは、東京のすばらしい眺めが上から一望できた。

「気に入ってくれた？」

段ボールを下ろし、篤史が聞いてくる。

梨沙は皮肉っぽく口角を上げてみせた。

「気に入った？　嘘でしょ？」

「え、ここじゃダメだったか？」

慌てる篤史に、「まさか！」と梨沙が首を横に振る。

「冗談も通じなくなったの、お義兄ちゃん！　ここ、最高だわ！　こんなところに住めるなんて、夢みたい！」

すると篤史は、ホッと胸を撫《な》で下ろしてくれたようだ。

「業者が来るから、お前の部屋を開けておこう」

「うん！」

梨沙は最新式のキッチンやホテルのような洗面所や風呂場、トイレなどを見て回りながら、自分の部屋である八畳の洋室に入っていく。そこにはすでにキングサイズのベッドや机などが一式用意されていた。

「ベッドとか大きな家具はいらないって言ってたけど、こういうことだったの……」

どこまで妹を甘やかす気なのかは知らないが、ここまでされると篤史が金銭的に本当に大丈夫なのか心配になってくる。

「お、お義兄ちゃん、お金、平気？　これじゃあ悪いから、私、少し出すよ」

こんな高価な家具の一部でも払えるか自分でも心配だったから、篤史が「何言ってるんだよ」と苦笑してくれたときには、思わず安堵《あんど》してしまった。

「お前は俺の大事な妹だから、このぐらいはさせてくれ」

その言葉はうれしいはずなのに、梨沙は違和感を抱く。

大きくなってから篤史は梨沙を避けるようになったのに、どうしていまになってこんな妹思いのようなことをするようになったのだろうか。深く考えたかったが、引っ越し業者の到着により思考は打ち切られた。

とにかくこんなに豪華な部屋に住めることを、いまは素直に喜ぶべきなのかもしれない。

梨沙はそう思い直し、荷物の整理を始めた。

一章　禁断の一夜

「ええっ⁉　義理のお兄さんと一緒に住むことになったの⁉」

オフィスの席に座った途端、同僚で親友の中村真穂《なかむらまほ》が声を上げた。

「しい！　真穂ったら、声が大きいよ！」

「ご、ごめんっ……でもまだ就業前だし、誰も聞いてないわよ」

真穂はそう言いつつも、二列先の席に目を向ける。なぜならそこには、梨沙の彼氏が座っていたからだ。

「ほら、山本《やまもと》さんも仕事に夢中みたいだし！」

「そ、それはそうかもしれないけれど……」

梨沙もまたちらりと視線を送ると、彼氏——山本雅人《まさと》は凛々《りり》しい顔でパソコンに向き合っていた。どうやらこちらの話は聞こえていないらしい。

少しでも耳に入れば、とても無視できる話題ではないので、梨沙はそう思うことにする。

「それでどういうことなの？　篤史さん、もういい大人でしょ⁉」

「そうなんだよねえ……」

はあ……と、梨沙は溜息《ためいき》交じりに真穂に話して聞かせた。

篤史は株式会社ムーブオンというITベンチャー企業の代表取締役社長だ。仕事内容を聞いてみたことはあるものの、スマホアプリのシステム開発を主としているらしいことはわかったが、難しすぎて梨沙にはあまり理解できなかった。

あの高級タワーマンションから篤史の会社までは徒歩五分だが、梨沙の会社までは電車で三十分あることで、ふたり暮らしが始まってから篤史はなんと毎朝、愛車のセダンで送ってくれている。昔は徒歩十分の高校へ行くことさえ遠いと文句を垂れていたのに、梨沙より早く起きて朝食まで作ってくれるという徹底ぶりだ。

「へえ……聞いてた話とずいぶん違うのね」

「でしょう？　私もビックリしてるんだから。それに……」

しかし梨沙はここで言い淀んだ。

真穂は長い髪を耳にかき上げ、よく聞こえるよう顔を寄せてくる。

「なんか昔とは違うんだよね」

「違うって？　送りと朝食付きに文句があるわけ？」

「そういうんじゃなくて！」

なんか……と、梨沙はまたちらりと前に視線を送った。すると今度は雅人と目が合い、微笑まれたので、ぎこちなく微笑み返す。

雅人に唇を読まれないよう下向き加減になり、真穂の耳に口を近づけた。

「私を見るようだって？」

「女を見る目が、その……」

ずばりそのものを言われ、梨沙は驚く。

「なんでわかったの⁉」

「あたし、ロマンス小説好きなんだよね。義兄との禁断の関係って、憧れるじゃない？」

「当人なら憧れないってば！」

真穂の耳年増にぴしゃりと言い放ち、梨沙は懸命に状況を説明した。

「一緒に暮らすようになって二週間経つけど、お風呂とか、洗濯とか、女性を感じるところにはぜったいに踏み込んでこないんだよね」

「そんなこと普通じゃないの。兄妹なら、なおさらでしょ」

「ううん！　昔はお風呂覗かれたりブラ盗まれたりとかしたんだから！　本当にやんちゃだったんだよ！」

「あのね……」

うんざりという顔をして、真穂が説教する。

「そんな子供じゃなくなったってことでしょ？　いまどき二十八歳の男なんてとっくに経

験済みだろうし、いまさら妹の裸や下着に興味あるわけないじゃない」

「そ、それはそうなんだけど！」

それでも梨沙は納得できない。言葉にならない違和感を説明しきれなくて、ひとり業を煮やしていた。しかしそれよりも気になる単語が、梨沙の心に引っかかった。

「ていうか、えっ、お義兄ちゃんが経験済みだと思うの？」

「うん。彼女ぐらいいるでしょ」

「いまはいないみたいだけど」

この二週間、そんな素振りは少しも見せていない。

「じゃあ、過去にいてもおかしくないでしょ」

「……確かに」

「何、ヤキモチでも焼いちゃうわけ？」

ニヤニヤ顔で言われ、梨沙はドキッとしてしまう。

「ち、ち、違うわよ！　私が未経験だから、なんか悔しいだけ！」

「そっか、あんた処女だもんね」

「しい！　声が大きいってば‼」

山本さんは聞いてないって～と、真穂は呑気《のんき》に言うけれど、きっと両隣には聞こえていると思う梨沙である。

けれど今度は、真穂のほうが首を傾げる番だったようだ。

「あれ、梨沙、山本さんと付き合って三ヶ月でしょ？　まだしてないの⁉」

「……ま、まだよ」

梨沙はその場で小さくなり、頰を染めた。

「ここのところは新規のプロジェクトで忙しかったし、雅人さんもゆっくりでいいからって言ってくれたんだもの」

衣料品を扱うここ久仁山《くにやま》商事株式会社では、梨沙も真穂も事務を担当している。企画部の雅人は新規プロジェクトのことで、ここ数ヶ月奔走していた。最近ようやく落ち着きそうな目処《めど》が立ってきたところだ。

就業のチャイムを聞きながら、真穂が「ふうん」とつまらなそうに言った。

「山本さんみたいなイケメンが、女に即手を出さないとはねえ」

「変な言い方しないでよ！」

「それにしても、なんで選んだのがあんただったのかしら？　あたしみたいにいい女が残ってるっていうのに」

確かに真穂はいい女だと、梨沙は思う。モデルのような凹凸《おうとつ》はっきりした体型に、腰まである長い髪、切れ長の目元が特徴の涼しげな美人だ。

一応梨沙だって、肩より長い髪には緩くパーマを当ててはいるけれど、真穂には平々凡々な容姿の自分とはまるで違う色気があった。

　対する山本雅人は顔よし性格よし仕事よしという、女子社員が憧れる男性社員一位に選ばれたほど、よくできた青年だ。年は一個上の二十六歳ながら、チームの主任に抜擢され、毎日バリバリと働いている。篤史ほどではないがすらりとした長身で、スーツが似合う痩《そう》軀《く》、目鼻立ちの整った、誰もが認める完璧なイケメンなのだ。

　そんな雅人に告白されたのは三ヶ月前のこと、前々から気になっていたと言われ、彼に憧れていた梨沙は気づけば舞い上がって即ＯＫしていた。

　けれどふたりの仲は、カップルとしては何も進展していない。まともなデートどころか、ふたりで食事に行く暇もなく、表だけの彼氏彼女として現在に至っている。

「あーあ、早く梨沙が振られればいいのにー」

「なんてこと言うのよ！」

「そこ！　静かにしなさい‼」

　真穂に突っ込んだところで、朝礼を始めていた部長から叱責が飛んだ。

　梨沙は真穂と顔を見合わせ、互いにクスリと笑う。

　しかし雅人がこちらに向けてウインクしてきたので、すぐに恥ずかしくなってうつむいた。

その日の午後、梨沙は山積みの資料を両手で抱えて廊下を歩いていた。これから真穂とふたりで、この資料の束の処理をしなければならない。これだけの量だ、果たして残業しないで済むだろうか。残業になると途端に真穂の機嫌が悪くなるので、できればさっさと終わらせたいと思う梨沙だ。

ちょうどそのとき、喫煙室から雅人が出てきて鉢合わせた。ふわりと、マルボロの香りが漂う。煙草《たばこ》はあまり好きではないので、雅人の欠点は？　と問われれば喫煙者であることが挙げられると、密かに梨沙は思っていた。

それでも初めてできた彼氏だ。そんなことできらいになるほど簡単な付き合いではない。

「雅人さん！　休憩ですか？」

緊張しながらも、精一杯の笑顔を作った。

雅人も微笑んでくれる。

「うん、さっきの会議で部長にこってり絞られちゃってね。ちょっと気分転換。梨沙ちゃんは？」

梨沙は黙って資料を掲げ、うんざりした顔をしてみせた。

「こっちも先輩に仕事を言いつけられたばかりで……これから真穂とふたりでがんばります」

緊張が抜けないので、「それじゃあ」と立ち去りかける。すると、なぜか資料がいっきに軽くなった。

「あ……」

梨沙が顔を上げると、半分以上の資料の束を雅人が持ってくれていた。

「ご、ごめんなさい！　ひとりで持っていけますから！」

「いいんだよ。梨沙ちゃんの力になりたい」

にこりと笑い、雅人は少し先を悠々と歩いていく。

梨沙は顔を赤く染めながら、そのあとを小走りで付いていった。

「ねえ、梨沙ちゃん」

「はい？」

「仕事、ようやく落ち着きそうなんだけど――」

「本当ですか？　お昼ごはんでも行きます？　あ、皆で飲みでもいいですね！」

嬉々として提案するも、雅人は振り返ってなぜか苦笑している。デートの候補が当たり前すぎたのかも……？　と、梨沙が思案していると、雅人が立ち止まった。周囲に誰もいないことを確認してから、そっと梨沙の耳元に唇を寄せてくる。

「梨沙ちゃんの家、行きたいな？」

「っ……!?」

ぽっと顔を紅潮させ、梨沙は目を白黒させた。

「う、う、うちですか⁉」

それはいろんな意味でやばいのではないだろうか。そう、本当にいろんな意味で。

「ダメかな？」

耳元でささやかれ、耳朶《じだ》に雅人の吐息がかかる。

ふるりと身体を震わせ、梨沙は混乱していた。

「ひ、引っ越したばかりで、ち、散らかってますから、ちょっとっ」

さすがに義兄と暮らしているとは言えないのでごまかしたけれど、雅人は譲ってくれそうにない。

「いままで一緒にいられなかった分、距離を縮めたいなあって思ったんだけど——」

残念そうにする雅人の顔にチクリと胸が痛み、梨沙はつい次のように口走ってしまった。

「そ、それなら、も、もちろん構いませんけど！」

「じゃあ、次の日曜に」

それだけ言うと、雅人はまたやや先を歩き始める。

ひとり残された梨沙は、呆然《ぼうぜん》とそのうしろ姿を見つめていた。

「それでね、混乱してたから、つい承諾しちゃったの……」

資料の処理をしながら、梨沙は真穂に溜息交じりに告げた。

真穂はと言えば、残業がいやなものだから、ものすごいスピードで資料を次々と処理していく。紙に書かれた数字をパソコンに移すという単純作業だが、これだけ山積みだと時間がいくらあっても足りないからだろう。

「それは、危険な兆候ね」

「え……？」

真穂が顔も上げずに言うものだから、梨沙はつい手を止めて彼女に見入った。

「ど、どうして？　うちに来たいっていうのは、付き合ってるなら当然じゃない？　私だって、雅人さんがどんな生活をしてるか、暮らしぶりが見たくて家に行ってみたいもの」

「女ならね」

きっぱりと、真穂が言う。

「山本雅人って、できすぎだなって思ってたけど、ちょっとそれはいただけないわ」

「そ、そんな……うちに来たいっていうのが、そんなに悪いことなの？」

「悪くはないわ。付き合って三ヶ月の、普通のカップルならね」

「それなら――」

「あんたたちは手も繋いでないどころか、ふたりで食事に行ったこともないのよ？」

「……っ」

うっと、梨沙は返答に窮した。

真穂は仕事しながら、淡々と続ける。

「それがいきなり彼女の部屋？　裏がありそうで怖いわね。距離の詰め方が異常だもの」

「そ、そんなふうにまで言わなくても……」

しかし真穂に言われれば言われるほど、雅人の提案が間違っているような気がしないでもないから、梨沙は戸惑った。

「まあ、でも大丈夫じゃない？」

「え？」

真穂の態度の突然の軟化に、梨沙は驚く。

真穂はここで初めて仕事の手を止めると、梨沙のほうを向いて笑った。

「だって、篤史さんが守ってくれるじゃない？」

「あ……」

そう、梨沙の家はいま篤史と共用なのだ。雅人とふたりきりで会うことは難しい。雅人が休みの土日は、篤史も会社が休みだからだ。篤史のことだからまた、外出などせずに仕事に疲れた妹の世話を焼こうとするだろう。

「篤史さんがいれば、山本さんが変な気を起こしても守ってくれるわよ～」

「雅人さんはそんなひとじゃありません！」

きっぱり言うも、先ほどまでの真穂の見解は、やはり梨沙の心の中で引っかかっていた。

それでも梨沙は雅人を信じていたから、なるべくそれは考えないようにすることに決める。

「でも実際問題、どうやって家に迎えればいいかなあ？」

「何、そこまで指南しないとダメなわけ？」

「……うっ、すみません」

情けなさに梨沙が顔を伏せると、真穂が自分のところにあった資料の束をよこしてきた。

「残りを梨沙がやってくれるなら、真穂姉さんが教えてあげよう！」

「ええ～!?」

と、わずかに悩んだものの、

「……お願いします」

と、仕事を引き受ける情けない梨沙なのであった。


真穂の分の仕事があったことで見事に残業となり、時刻は夜の十時。外はすっかり夜の帳《とばり》が降りていた。久仁山商事はオフィス街にあるので、駅まで大通りを歩けばそんなに治安は悪くない。飲み屋などは駅前に集中しているからだ。酔客や暴漢に遭うこともそうはないだろう。

　しかし今夜の梨沙は急いでいた。帰りが遅くなれば遅くなるほど、篤史が心配するからだ。同居当初は帰りも迎えに来ると言って聞かなかった篤史だったが、梨沙は帰りぐらい自由がほしかったから断っていた。だっていつ雅人に会社帰りのデートに誘われるかわからないのだ。そこに義兄がいたら、雰囲気が台無しになること請け合いだろう。

「ちょっとぐらいなら大丈夫、だよね……？」

　駅に近道となる裏通りを覗き込み、そっと独り言ちる。

　裏通りにはひと気がまったくない。これならば問題ないのではないだろうか。そう考えた梨沙は、迷わず角を曲がり、駅目指して裏通りを疾駆することにした。

　それでも残業した分、収穫はあったのだ。真穂に雅人の迎え方を指南してもらい、うまく篤史を紹介すれば、家族ぐるみで仲良くなれると前向きに教わった。特に篤史と雅人が懇意になれば、両親にも推してもらいやすくなり、結婚が早まるとも。

　結婚か――と、梨沙は自然と口元がほころんでいた。

　結婚願望がそれほどあるわけではなかったが、やはり憧れはある。雅人のような完璧な男性と結婚できたなら、どんなに素敵な人生が待っているだろう。

　そんなお花畑の思考を遮ったのは、突如として目の前に現れた人影だった。

「おねーちゃん、ひとりで危ないよ～」

酔客だ。すぐそこの細い路地からやってきたらしい。無精ひげと腹部が目立つ中年男性である。一応スーツ姿ではあるが、乱暴に着崩しており、ネクタイは額に巻かれていた。かなり酔っている様子だ。

梨沙は立ち止まらざるを得ず、男と距離を取って静止する。

「あ、あの……通していただけますか？」

おずおずと口を開くと、男がよろよろとこちらに近づいてきた。

酒臭い息がかかり、梨沙は思わず顔をしかめる。

「おじさん暇なんだよ～、おねーちゃん、一緒に飲まない？」

「いえ、結構です。私、お酒は強くありませんので」

うっかり酔客の相手をしてしまったら、男はククッと忍び笑いを漏らした。

「酒じゃあねえよ～、オレのを、飲めってこと」

梨沙が男の目線を追って下半身を見ると、男のそこは服の上からでもわかるぐらいギンギンに勃ち上がっていた。

「ひっ……」

悲鳴にならない声を上げ、梨沙は後退《あとずさ》る。

しかし男はじりじりと距離を詰め、壁際に梨沙を追い込んできた。

「や、やめっ」

男が梨沙の手を摑《つか》んで無理やり自身の下半身へ導こうとした瞬間、ドカッ！　と大きな音がビルの間に響き渡る。

「うわぁっ！」

男の叫び声がこだました。

思わず目を閉じていた梨沙は、慌てて目を開けて状況を確認する。

すると目の前には男ではなく、篤史が立っていたのであった。

「お、お、お義兄ちゃんっ⁉　なんでここに⁉」

「なんでこんな危ないところを通ったんだよ？」

梨沙の質問には答えず、篤史は怒り心頭、梨沙に問いかける。

梨沙はうっと言葉に詰まり、情けなさに頭を下げた。

「急いでたから、つい……」

「夜の東京がどんなに危険か、わかってないわけじゃないんだろう⁉」

篤史は梨沙の手を取ると、篤史に殴られたことで倒れて気を失った男をまたぎ、急いで裏通りを抜けようと走り始める。

「お、お義兄ちゃん、ご、ごめんっ」

手を引かれてうしろから走りながらも、梨沙は謝罪した。

篤史はやはり怒ったままなのか、もう何も言わず、ただ道の先に見える彼が乗ってきたらしいセダンを目指していた。

部屋に着くと、背中を向けたままだったが、ようやく篤史が口を開いてくれた。

「連絡もなく遅かったから、心配して迎えに行ったんだ」

「……そう。ごめんね、ありがとう。でもどうしてあそこに？」

梨沙は上着を脱ぎ、荷物を下ろしながら、申し訳なさそうに言う。

篤史がこちらに向き直り、経緯を話してくれた。

「会社まで行ったところで、梨沙のうしろ姿が裏通りに消えるのが見えた。それで急いで追いかけたんだ」

「っ……そっか。本当にごめん……でも助かったよ、本当にありがとうね」

梨沙は胸がギュッと詰まり、無意識に篤史のシャツの裾《すそ》をつまむ。

すると篤史はびくっとして、なぜかそれを振りほどいた。

「お義兄ちゃん？」

きょとんとして見上げると、篤史は口元を押さえ首を横に振る。

「い、いや。なんでもない……いいから、さっさと風呂に入ってこいよ。明日も仕事なんだろう？」

「う、うん……わかった」

不思議に思いながらも、梨沙は部屋に戻っていった。


風呂から上がり、リビングで濡《ぬ》れた髪をタオルで拭いていると、篤史がドライヤーを持ってやってきた。

「まだ起きてたの？」

「ああ。俺がドライヤーかけてやるから、その間にスキンケアでもしてろよ」

「えっ、いいの？」

もうすでに時間は真夜中だ。両方に時間をかけていたら明日起きられないと思っていたから、篤史の提案は渡りに船だった。

「じゃあ、お願いするね」

「ああ」

篤史にドライヤーをかけてもらいながら、梨沙は鏡に向かって化粧水を塗る。

「なんか、懐かしいね！」

ドライヤーの音に負けないよう声を張り上げると、篤史が「何が？」と返してきた。

「子供のころ、こんなことあったよね！　思春期に入ってから、なぜかお義兄ちゃん、私のこと避けるようになっちゃったけど、あのときはうれしかったなあ……！」

「……よ」

「えー!?」

ブオーッという高音にかき消され、篤史が何を言ったのか聞こえない。

ややあって一通り髪を乾かし終えた篤史が、ドライヤーのスイッチを切った。

「ありがとう。ねえお義兄ちゃん、さっきなんて言ったの？」

「なんでもねえよ」

しかし篤史はつれない。そのままドライヤーを持って洗面所に行ってしまう。

「……ふうん？」

梨沙もまた眠かったため、特に気に留めることはなかった。


日曜日がやってきた。

梨沙の家を知らない雅人のために、ふたりは午前十時に最寄り駅のひとつ手前で待ち合わせしていた。ひとつ手前の駅なので、梨沙と篤史が住むマンションまでは徒歩二十分かかる場所だ。いきなり港区青山のタワーマンションを前にしたら引かれてしまいそうで、勇気が出なかったのである。

義兄のことは徐々に明かしていきたい。

約束の十分前にくだんの駅に着いた梨沙の目に、スマホを見つめながら壁際に立つ雅人の姿が目に入る。遠くからでも格好いいと、梨沙は改めて思う。

「雅人さん！」

小走りで駆け寄ると、雅人がスマホから顔を上げ、こちらに笑顔を向けてくれた。

「梨沙ちゃん」

「ごめんなさい、お待たせしちゃって！」

「ううん、僕が楽しみすぎて早く来ちゃっただけだから」

スマホをジャケットの胸ポケットにしまいつつ、雅人が手を差し出してくる。今日もスマートに流行の私服を着こなす雅人の姿につい見惚れていたから、反応がわずかに遅れる。

こんなときに握手でもしたいのかと思い、梨沙は不思議に思いながらも素直に手を取って握った。

すると雅人が、クスクスと笑う。

「違うよ、梨沙ちゃん。手を繋ぎたかっただけなんだ」

「ああ……って、ええっ⁉」

かあっと顔を真っ赤にして慌てて手を離すと、梨沙は緊張と興奮から汗にまみれた手を、はしたないながらもスカートの裾で拭い、改めて差し出された手を取った。

雅人にきゅっと優しい力加減で握られ、慣れない行為に心臓がバクバクと音を立てる。篤史以外の男性と手を繋ぐなんて、幼稚園児のころ以来ではないだろうか？　そう言えば篤史とはいつまで手を繋いでいたんだっけ？　と、記憶を辿る。

「さあ、行こうか？」

「は、はい！」

雅人のひとことに我に返り、梨沙はうきうきと心を弾ませる。

そうして先を促す雅人だったが、なぜか半歩進んで立ち止まった。

梨沙が小首を傾げる。

「雅人さん？」

「いや……僕、梨沙ちゃん家《ち》、わからないからさ」

申し訳なさそうに苦笑する雅人に、梨沙は「ああ！　そうでしたね‼」と慌てて先導し始めた。


ふたりで手を繋ぎながら、のんびりと街中を歩くことは気持ちがいい。今日は晴れのち雨予報だった。目まぐるしく変わりそうな天気に、梨沙の心も追いつきそうにない。

梨沙はあの豪華なタワーマンションに着く前に、そろそろ雅人に打ち明けなければいけないことがあったからだ。そう、まだ篤史の存在について白状していないどころか、とうの篤史にも今日は友達を連れてくると嘘をついていた。どんなに外出するよう頼んでみても、締め切りの近い仕事があるからと言って、篤史は家にいることを望んだのだ。篤史はおそらく、いつか話に聞いたことのある真穂でも来ると思っているに違いない。

「雅人さん、実はですね……」

意を決して切り出すも、その先が出てこない。

雅人が梨沙の顔を覗き込んだ。

「ん？　疲れた？」

「い、いや、まさか！　いつもこの道を行き来してますから！　ははは！」

つい嘘が出てしまうも、雅人はとんでもないことを提案してくる。

「大変だよなあ……そうだ！」

「え？」

「近々、一緒に住まない？」

「ええ～っ!?」

篤史の存在などすっかり頭から抜け落ち、梨沙はその場で真っ赤になって硬直する。

「や、や、そ、そんな、だって、私たち、まだ、その、えっ」

「お、落ち着いて！　梨沙ちゃん！」

梨沙の動揺っぷりに驚きながらも、雅人はさらに言い募ってきた。

「だって会社からこんな遠くで、毎日大変じゃない？　僕の家なら会社まで十分だし、セキュリティも安心のマンションに住んでるからさ」

「で、でもっ」

梨沙は慌てた。いろんな意味で慌てていたが、雅人は話を続ける。

「まあ、１ＤＫだからちょっと狭いけど、ふたりならちょうどいいでしょ？」

にこりと極上の笑みを浮かべられ、梨沙はぽうっと雅人に見入ってしまう。１ＤＫでふたり？　彼氏とふたり暮らし⁉　と、頭の中がグルグルして、まともに何も考えられない。

「どうかな？」

再び顔を覗き込まれ、気づけば梨沙はなんのためらいもなくコクンとうなずいていた。

すると雅人が、パッと顔を輝かせる。

「本当に？　うれしいなあ！」

「あ、でも……」

ここでようやく梨沙は我に返り、篤史の存在を思った。

篤史と暮らし始めてようやく落ち着いてきた矢先、突然彼氏と住むと申し出たら、彼は承諾するだろうか。両親だって、梨沙が篤史と住んでいるから安心しているのだ。おかげでストーカー被害はなくなったが、今度は別の問題が持ち上がってくる。

「何？　やっぱり僕とじゃ不安？」

雅人が寂しそうに微笑むから、梨沙は困ってしまう。

「そ、そういうことじゃないんです……ただ、実は――」

いまこそ事実を打ち明けるときだと、梨沙はようやく義兄のことを口にした。

「いままで言ってなかったんですが、私、兄と一緒に住んでるんです……それも暮らし始めたばかりだから、すぐに引っ越せるかはわからなくて……」

申し訳なさそうに顔を伏せたら、繋いでいた手が唐突に離される。

（もしかして、きらわれた――？）

そう不安に思う梨沙を、優しい腕が包み込んだ。

「ま、雅人さん……？」

「梨沙ちゃんは兄思いの素敵な女性なんだね」

「雅人さん……っ」

なぜだかじわりと涙が浮かび、泣きそうになる。こんな情けない自分を認めてくれたからかもしれないと、梨沙は心のうちで思っていた。

「いいよ、いますぐじゃなくて。もちろんいずれは一緒に暮らしたいけど、お兄さんが落ち着くまでいつまでも僕は待つから」

「あ、ありがとうございます……！」

頭の上に降ってくる雅人の慈しみの言葉の数々に、梨沙は落ち着きを取り戻した。

「それで、ですね」

「うん」

「実は今日、うちにその兄がいるんです」

「……えっ」

さすがにそれは想定外だったようで、雅人が固まったことは言うまでもない。


港区青山のタワーマンションを前に、雅人は度肝を抜かれているようだった。それでも動揺を見せまいとしているのか、「お兄さんってすごいひとなんだね」とひとことだけ呟《つぶや》き、ふたりは黙然と部屋を目指してエレベーターホールに向かっていく。コンシェルジュに挨拶されると、さすがの雅人も「次元が違う」と呟いていた。

部屋のドア前で、梨沙と雅人は固唾《かたず》を呑《の》んでいた。ドキドキとうるさく鳴る心臓を押さえつつ、ふたりは視線を交差させると、互いにうなずき合う。

梨沙は思い切って、ドアに鍵を差し込んだ。ガチャリと、解錠される。

途端に奥から、ドタドタとこちらに向かう足音が聞こえてきた。

「梨沙、宅配便来たぜ？　言っておいてくれないと、俺だって仕事中――」

る。

「ただいま、お義兄ちゃん」

梨沙は心底申し訳なさそうにしながらもドアを開け放ち、雅人の存在が見えるようにする。

雅人がぺこりと頭を下げるも、篤史の硬い表情は変わらない。

宅配便がどうこうよりも、眼前の現状のほうに気を取られたのだろう、篤史は途端に沈黙して目を見張った。

梨沙は意を決して、雅人を紹介する。

「あ、あの、こちら山本雅人さん。私の、私の――彼氏、です」

「……彼氏？」

目を丸くして、篤史が繰り返した。

「梨沙、彼氏なんていたのか？」

「う、うん。一応……三ヶ月前から付き合ってるの」

「三ヶ月だって⁉　なんで俺にいままで言わなかったんだよ⁉」

どうやら篤史は、いまは梨沙を責めることに注力するらしい。

「そ、そんなに大事なことだと思わなくて……それに――」

「付き合っているとは言っても、最近まで本当に友達付き合いのようなものだったんですよ」

横から雅人が口を挟んだ。

そこで初めて、篤史が雅人に目を向ける。

「……友達付き合い？　それは、梨沙とは何もないってことですか？」

無表情で見つめる篤史に、雅人は淀みなく答えた。

「はい、何もありません」

「それなら、いいですけど」

何がいいんだと突っ込みたくなる梨沙だったが、篤史が許してくれるなら、これで万事丸く収まるだろうと思う。

「で、雅人さんに上がってもらいたいんだけど、お義兄ちゃん、いい加減にそこどいてくれない？」

にっこりと笑顔で圧をかけるも、篤史は動じなかった。

「でも、山本？　さん。これからも何もないとは限りませんよね？」

「お義兄ちゃんっ!?」

梨沙が真っ赤になって義兄を黙らせようと手を出すも、篤史はひょいと容易に避けて雅人から目を離さない。

「雅人さん！　気にしないでください！　兄はちょっと変わってて……っ」

必死で抗弁しようとする梨沙を横に押しやり、雅人が一歩前に進み出た。

「ま、雅人さん……？」

不安げな梨沙を横目に、雅人が挑戦的に篤史を見つめる。

「そうですね。何もないのは、いまだけのことです。僕の仕事も落ち着いてきたところですので、これからは梨沙さんと愛を育んでいきたいと思っています。それに──」

「ま、雅人さんっ、ダ、ダメッ！」

「近々、一緒に暮らす予定ですから、お兄さんにも妹離れしてほしいと思っています」

ああ……と、梨沙はくらりとその場に倒れそうになった。なんの予兆も準備もなく篤史にそんなことを言ったら、火に油を注ぐようなものだ。雅人にはなぜ、それがわからないのだろう。それともわかっていて篤史に宣言したのなら、それはそれでたちが悪い。

「……あなたの気持ちはよくわかりました」

「お、お義兄ちゃん……？」

それきり篤史が苦悶《くもん》の表情で黙ってしまったものだから、梨沙は困惑してしまう。

三人の間に沈黙が流れたが、ややあって口火を切ったのは雅人だった。

「梨沙ちゃん、僕は今日のところは帰らせてもらうよ。また日を改めよう」

なぜか雅人は、余裕の笑みを浮かべている。

「篤史さんはきっと、妹思いなだけだよ。これはあくまで、時間が解決してくれることだと思うから」

「で、でもっ……ここまで来たのに、帰るなんて‼」

梨沙が慌てて雅人を引き留めようとするも、篤史が口を挟んだ。

「前半は当たっていますけど、後半はどうかわかりませんね」

篤史はそう言うと、梨沙の腕を引いて部屋の中に入れた。

「お義兄ちゃんっ？」

「それじゃあ、帰り道には気をつけて」

それだけ言うと、篤史は雅人を玄関の外側に残してドアを閉めてしまう。

「お義兄ちゃん⁉　ちょっと、勝手だよ！　雅人さんっ、ごめ――」

急いでドアを開けようとするも、うしろから抱き締められ、梨沙は物理的にも精神的にも動けなくなった。

「お、お義兄ちゃん……？」

「梨沙……頼む……」

切ない声で懇願され、梨沙はそれ以上ドアを開けようとすることがはばかられる。やがてドアの向こうに雅人の気配がなくなるまで、ふたりはそうしていたのであった。

夜になるまで、篤史と梨沙は互いに自室から出てこなかった。梨沙はベッドに突っ伏しており、窓ガラスを叩く雨の音でようやく顔を上げる。そう言えば今夜の天気は雨予報だったことを思い出すと同時に、帰ってしまった雅人と抱き寄せてきた篤史のことを思う。

雅人には申し訳なく感じているが、大人な彼のことだから、義兄のやったことなどあまり気にしないで、明日また笑顔で会える気がした。

しかし、当の義兄のほうは——。

梨沙は「あんなお義兄ちゃん、初めてだった……」と、繰り返し考えてきた義兄への疑念を明らかにしようとする。これまでは決して認めようとしてこなかったが、篤史は明らかに梨沙を妹としてではなく〝女〟として見ている。

互いにそのことに気づいてしまったから、いま自室に閉じこもり、決して顔を合わせないようにしているのだ。篤史はおそらく梨沙に気づかれたことで合わせる顔がなく、梨沙もまた気づいてしまったことを篤史に言う勇気がない。

このまま何事もなかったかのようにできるだろうか……?

一縷《いちる》の望みにかけて、梨沙はいい加減、部屋を出る決意をする。

ドアを開けたところで、同時にドアを開けたらしい隣の部屋の篤史と鉢合わせた。

「お、お義兄ちゃんっ……!?」

「梨沙……っ」

気まずさ全開で目を合わせるも、梨沙は懸命に妹を演じようと試みる。

「お腹空《す》いちゃったね！　今日は私がなんか作ろうか？　お義兄ちゃんは何が食べたい？」

明るく振る舞う梨沙に対して、篤史はうつむき、重々しい口調で返答した。

「梨沙、俺、俺……」

「ハンバーグかな⁉　それとも久々にスパゲティにする⁉　私、ミートソースは得意なんだよ！」

梨沙は懸命に話を逸《そ》らそうとしたけれど、篤史にもう逃げる気はないらしい。

けれど梨沙は、まだ心の準備ができていない。無駄に元気を装い、篤史から逃げるように颯爽《さっそう》と身を翻してキッチンへ向かおうとした。

「私が作っちゃうから、お義兄ちゃんは休んでていいよ！」

「梨沙！」

梨沙の手を、篤史が摑む。

篤史の体温が異常に熱い。摑まれる強さが痛い。

梨沙が振り返ると、篤史が苦渋の顔で見つめていた。

「お、お義兄ちゃん……」

「好きなんだ」

「お義兄ちゃん」

「好きなんだよ」

「お義兄ちゃんっ」

「梨沙のことが、女として――――」

「お義兄ちゃんっ、やめて‼」

手を振りほどいて耳を塞ぐようにして叫ぶと、篤史がビクリと身をすくませる。

泣きそうになりながらも、梨沙は懸命な作り笑顔で言葉を紡いだ。

「……ごめん。夕食はパスね、私、少し疲れちゃったみたい」

そうして自室に戻ろうと踵《きびす》を返しかけるも、篤史が前に立ち塞がる。

「逃げるなよ」

「逃げてなんか、ないわ」

梨沙は自然と浮かぶ涙を無視して、挑戦的に篤史を見つめた。

「私たちは兄妹なのよ。こんなの、間違ってるでしょう?」

「義理の、だ」

篤史もまた、挑戦的に梨沙を見つめている。

梨沙は負けじと、背の高い篤史を見上げた。

「義理でも本当の兄妹のようにやってきたじゃない！」

「それは梨沙が、そう思ってるだけだ」

「どういうこと……？」

訝《いぶか》しげに眉根を寄せて篤史に問うと、彼は意外な告白をし始める。

「思春期に入ってから、梨沙のことを女として意識するようになった」

「そ、そんなに早くに？」

「ああ」

なぜか吐き捨てるように言う篤史は、そんな自分に半ば嫌気が差しているようにも見えた。逆の立場だったら、なぜ義理であれ兄を……と、梨沙だって自分を嫌悪していたかもしれない。

「いつも傍《そば》にいて、俺に甘えてくるお前が愛おしくなってしまったんだ」

篤史の告白は続く。

「それ以来、梨沙のことがずっと好きだった。でも両親がいる手前、気持ちを明かすわけにはいかなかったから、わざと距離を空けてたんだ」

「それで……あのころは私に冷たかったの？」

「そうだ」

「じゃあ、いまさら一緒に暮らそうって言ってきたのは――」

「大人になるこのときを、ずっと待っていたから」

だけど！　と、篤史が強く前置いた。

「見守るだけのつもりだったんだ！　梨沙のことが心配だったからっ……まさか彼氏がいるとは思わなくて……」

「お義兄ちゃん……」

うつむく篤史に距離を詰め、梨沙は眉を下げて義兄の頬に手を伸ばす。

篤史が、今度は驚いてビクッと身体を揺すった。

「ありがとう、お義兄ちゃん。でも、私は大丈夫だから」

「梨沙……」

それが告白の返事だということに、篤史は気づいてくれているのだろうか。梨沙は構わずに言葉を続けた。

「私には雅人さんがいるからね」

「――――」

しかし梨沙の余計なそのひとことが、篤史を豹変させてしまう。

篤史は急にギラリと目に妖しい光を湛《たた》え、睨《にら》むように梨沙を見つめてきた。

「山本雅人のこと、好きなのか？」

「……え、ええ、好きよ」

「愛してるのか？」

「え、愛!?　そ、そこまではよくわからないけれどっ」

「なら梨沙は、まだ恋に恋してるだけだ」

「えっ……⁉」

そんなわけない——そう言いたかったけれど、言葉にならない。なぜなら篤史が、梨沙を強く抱き締めてきたからだ。

「お、お義兄ちゃんっ……ダメッ……私たちは兄妹なのよ⁉」

「知ってる」

「知って、ないよ！　こんなの兄妹のハグじゃないもの！」

篤史は梨沙の首筋に顔をうずめ、梨沙の香りを吸い込んでいるようにも感じられた。篤史の唇が素肌に当たって、そこがひどくこそばゆい。

「山本雅人とは、こうしたことないの？」

「ないよ！　だからやめて！」

「……じゃあ、梨沙はあのころと同じ、処女のままなんだ」

篤史の語調が変わり、ぞくりと梨沙の肌が粟立つ。

梨沙は慌てて妹の仮面を取り繕った。

「お義兄ちゃん！　いい加減にしないと、私、怒るからね！」

けれど篤史は放そうとしない。それどころか、よりきつく抱きすくめてくる。

「お、お義兄ちゃんっ……く、苦しい……！」

「俺の胸もそのぐらい苦しいってこと、梨沙にもわかってほしい」

「無茶言わないで……っ」

生理的な涙が目尻に滲《にじ》み、梨沙は篤史を押し返そうと試みた。

するとすんなりと、篤史が抱擁を解いて、やや距離を取ってくれる。

梨沙はホッとして、ようやく篤史がわかってくれたのだと思った。

「……よかった、お義兄ちゃん。私は――んんんっ⁉」

妹として諭そうとしたのも束の間のこと、気づけば梨沙は篤史に唇を奪われ、口が利けなくなる。

「んー！　んー‼」

ドンドンと篤史の胸元を両手で叩いて抗議するも、篤史は離れない。強く唇を押しつけ、熱い吐息を吹き込んできた。

溜まらず、梨沙は篤史の頬をパァン！　と引っぱたいてしまう。

「お、にい、ちゃ……っ、はあ、はあっ」

ファーストキスを奪われたことに愕然《がくぜん》とする間もなく、梨沙は篤史を睨んだ。こんな無理強いするなんて、篤史らしくない。

「なんてことするのよ⁉」

篤史はわずかに腫れた頬を押さえながら、強い意思を宿したままの瞳で、黙って梨沙を

見つめている。

梨沙は深く息を吐いてから、言葉を継いだ。

「私には雅人さんがいるのよ⁉　こんなこと知られたらっ――」

わなわなと震える梨沙は、泣きそうになっていた。

「本来のお義兄ちゃんに戻ってよっ……お願いだから、なんでもするから……っ」

「なんでも？」

「うん……」

ヒクッとしゃくり上げて、梨沙がうなずく。なんでもすることで本来の義兄が戻ってくるのなら、本当になんでもできそうな気がした。それほどまでに本来の義兄が恋しい。

すると篤史は、とんでもない条件を出してきた。

「俺に抱かれてくれ」

「何言って――」

梨沙は大きく目を見開いて、返答に窮する。

篤史はとどまるところを知らない。

「梨沙がほしい。あのころから梨沙のことだけ考えて生きてきたんだ。梨沙が俺のものになることばかり考えてた」

「……っ」

熱い眼差しを向ける篤史を前に、梨沙は戸惑った。

「お、おにぃ――」

瞬間、ドンッと廊下の壁に背中が押しつけられる。

篤史は両腕を、梨沙の顔の横に付けて梨沙を見つめた。

「梨沙、好きだ」

「んっ⁉　ん、ぅ……っ」

真摯な告白とともに、篤史が梨沙に口づける。

梨沙は心の中ではダメだと思いながらも、篤史のキスをつい受け入れてしまう。それほどまでに義兄が優しく、壊れ物でも扱うかのように梨沙に触れてきたからだ。

篤史の片手が、梨沙の耳、頬、首筋を撫で、胸元に滑り落ちていく。

「ふ、ぁ……」

服の上から胸を揉《も》まれ、初めて味わう甘美な刺激に身体が震えた。

「ダ、ダメ……お義兄、ちゃん……そ、それは……」

「なら、俺を拒め」

「そ、んなっ」

「心から拒んで、いっそ憎んでくれ」

兄の苦しみが胸に刺さり、梨沙は余計に抗えなくなる。

その間にも、篤史の手は梨沙の肉体をまさぐっていった。

「そんなの……ずるい、よ……」

篤史が梨沙の首筋をチュッと吸い、スカートの下に手を入れて太ももを撫で上げる。

「ひぅっ……ぁ、あっ……！」

他人に触れられたことのない場所に篤史の手が近づくと、梨沙の下腹部が不可思議な脈動を刻んだ。つんとした鈍い痛みとともに、ジュクリと熱く熟れていく。

「や、ぁ……ダメ……っ」

頭が煮えたぎり、自制が利かなくなる。

そんなとき、篤史の手が止まった。

不思議に思った梨沙が、自然と閉じられていた目を開く。

「お、お義兄、ちゃん……？」

「梨沙。俺は止まらないよ」

「……っ」

「だから確認させてほしい。この先に進んでいいか、梨沙が決めてくれ」

「そ、そんなっ」

梨沙は涙目で、篤史を睨みつけた。こんなに全身を熱くしておいて、お預けにされたような気分になったからだ。それは生理的なものかもしれないけれど、梨沙の理性は身体と同様にドロドロに溶け出していたのだった。

梨沙が篤史に身体を預けてもいいと思ったのは、過去のあるエピソードに起因するのかもしれない。

それは梨沙が七歳、篤史が十歳のときのことだ。ふたりが兄妹になって約一年目、梨沙がようやく篤史に懐き始め、篤史がようやく兄らしく梨沙に接せるようになったころ、梨沙は両親の再婚が原因で、学校のクラスの女子たちにいじめに近い扱いを受けていた。

同じ学校に編入する形となり、突然梨沙の義兄となった篤史と梨沙の関係を、クラスの女子たちは何かにつけて梨沙をからかった。いま考えれば彼女たちはうらやましかったのかもしれないが……。

その日も「義兄妹は結婚できるんだよ～、旦那《だんな》さんが見つかってよかったね！」などと言われ、梨沙は泣きながら帰っていた。兄なんかいらなかったと、本気で思っていた。

親は働いていたから、放課後の家には誰もいないのが普通だった。けれどこの一年は、篤史がいた。篤史は学校の授業が早く終わったときは、なぜかいつも家にいる。普通なら学校の友達と遊ぶような年頃なのに、必ず梨沙の帰りを待ってくれていた。

しかし梨沙は、これも気に入らなかった。おかげでふたりきりの時間ができてしまい、翌日はクラスの女子たちに余計にからかわれてしまうからだ。

「ただいま……」

悄然《しょうぜん》と肩を落とした梨沙が玄関をくぐると、篤史はやはり先に帰っていた。梨沙がからかわれていることを知ってか知らずか、一緒に帰ることはしない彼が、笑顔で迎える。

「お帰り、梨沙。母さんがおやつ用意してくれてるよ」

「うん……」

梨沙は靴を脱いで廊下に上がるも、篤史と一緒におやつを食べる気がしなくて、二階にある自室にこもろうとした。

「梨沙が好きなドーナツだぞ？」

階段の途中で、篤史がうしろから声をかけてくる。

梨沙は篤史の厚意が浅慮に感じられて、つい言葉を荒らげた。

「お義兄ちゃんのせいなんだよ！　学校がつらいのも、ドーナツがいま食べられないのもぜんぶ、ぜんぶ！」

それは当てつけにすぎなかったけれど、梨沙はつい言ってしまった。

怒られるか呆《あき》れられる、そう思ったけれど、篤史はそのどちらでもなかった。彼は「ごめん」とひとことだけ呟き、居間に戻っていく。その背中に哀愁が漂い、梨沙の胸がチクリと痛む。

罪悪感を抱き、梨沙は慌てて階段を駆け下りた。

「お義兄ちゃん、ごめんなさい……お義兄ちゃんのせいじゃないの」

「いいんだよ、梨沙。梨沙が俺を認めてないこと、俺はわかってるから」

「え……」

篤史はいまにも泣きそうなのに、懸命に笑顔を繕っているという態《てい》だ。

梨沙は戸惑い、ぶんぶんと懸命に首を横に振った。

「認めてないなんてことない！　お義兄ちゃんができて、最初は戸惑ったけど、うれしかった！」

「本当に？」

篤史が顔を上げ、濡れた瞳で見つめてくる。

梨沙はコクリと大きくうなずいた。けれどどうしても、クラスの女子たちのことが頭をよぎってしまう。

「……でも、お義兄ちゃんのせいで、私……いじめられてるから……」

「いじめ？」

不穏な台詞《せりふ》に、篤史の眉根が寄る。

「誰かに何かされてるのか？　俺がいますぐやめさせてきてやる！」

言うなり、篤史は玄関に向かって早足で歩き出した。

梨沙は動揺しつつも、急いで篤史を止める。

「お、お義兄ちゃん！　落ち着いて！　大丈夫、大丈夫だから！」

「大丈夫なんてことねえよ！」

普段温厚な義兄が叫んだことに驚き、梨沙はビクリと身をすくませた。

そんな梨沙を、篤史がギュッと抱き締める。

「梨沙は大事な義妹だっ……ぜったいに不幸にはしない！　俺が必ず守るって、義兄妹《きょうだい》になったときに誓ったから……！」

「お義兄ちゃん……っ」

篤史の温かい腕の中、梨沙はスッと心が凪《な》いでいくのを感じた。その瞬間、クラスの女子たちのことなど、どうでもよくなったことを梨沙はいまでもよく覚えている。

篤史――義兄は、梨沙を何よりも一番に考えてくれている。誰よりも梨沙を優先してくれている。それは留守にしがちな実の父や義理の母親より、確固たる絆の証だった。

それ以来、篤史が梨沙を意図的に避けるようになるまでだったが、梨沙は絶大な信頼を篤史に置くようになる。篤史なら間違いない。篤史の言うこと、することは、なんでも梨沙のため――それが刷り込まれたのであった。

ザアアッと、雨の音だけが耳を打つ。それほど室内は静かだったが、時折ベッドのマットレスが軋《きし》む音がして、梨沙はいますぐ消え入りたい思いに駆られていた。

梨沙が仰向けになってベッドに横たわり、篤史が覆い被さっている。

先ほどから篤史は、梨沙の額、頬、耳と、優しく口づけ、そして唇を合わせてきた。

「梨沙……」

篤史は愛おしそうに梨沙を呼び、キスを続ける。

チュ、クチュッと、唇が合わさる音が響き、耳まで犯されているような気になった。

義兄とはいえ、兄とのキスに、梨沙はたまらないほどの羞恥心《しゅうちしん》を感じている。

しかもどこで覚えたのか、篤史の口づけはとろけそうに甘く、吸いついてくる感触がキュンと下腹部を疼《うず》かせた。

「ん、……ぅ……ぁ……は、あ……」

ついばむように、上唇と下唇に交互に触れていく。

「ふぅ……ん……ぁ……んん……っ」

「梨沙の声、かわいい。もっと聞きたい」

「そんな、こと……わか、んない……っ」

舌で無理やり唇をこじ開けられて、口の中への侵入を許してしまう。

唾液にまみれた篤史の柔らかく温かい舌先が、梨沙の口腔内で縮こまった舌をつつく。

「ひぅっ……！」

「もっと、舌を出して。力を抜くんだ」

「やっ……わか、ん、な、い……っ」

言われた通り力を抜くと、自然と舌が前へ出た。

それを狙っていたかのように、篤史が舌を絡ませてくる。クチュ、チュッと、甘い唾液の音が響き、梨沙は恥ずかしくて仕方ない。

「お、お義兄ちゃんっ、恥ずかしい、からっ……このまま、で……っ」

篤史が梨沙の服を脱がそうとした段になり、梨沙が小さく抗議した。

けれど篤史は極上の笑みを浮かべ、それを拒否するのだった。

「ぜんぶ見せてよ」

「ううっ」

半泣きになる梨沙の上着を剝《は》ぎ取り、シャツのボタンを外していく。ひとつひとつと外されるごとに、体型にしては大きすぎる梨沙の胸元が露《あら》わになった。

「梨沙のこの大きい胸、ずっと触れたかった」

「そ、そんなエッチなこと考えてたの……？」

すると篤史が、ククッと喉で笑う。

「男なんてそんなもんだよ」

そうして篤史がブラジャーの上から梨沙の胸を触ろうとしたところで、梨沙が反射的にその手を摑んだ。

「梨沙？」

「ね、ねえ……廊下でこうしてたときから手慣れてるって思ったけど、お義兄ちゃんは、その……経験、あるの？」

梨沙の羞恥にまみれて涙を浮かべた必死の形相に、篤史は苦笑する。

「あると思うか？　いい歳して情けないことに、内心ドキドキしっぱなしさ。梨沙以外としたいと思ったこともない」

「そ、そう……」

だからと言って、この禁断の行為が許されるわけではなかったけれど、梨沙は手を離した。

篤史は意を決したように、梨沙の胸に触れる。先ほどは勢いだったのだろうが、今度は合意のもとだ。篤史も緊張しているのかもしれない。

「ん……っ」

やや冷たい手で全体を撫でられ、梨沙は身をすくめた。

篤史のほうは感激しているらしい。

「ああ……やっと、やっと梨沙に許されて胸に触れられた……」

「お義兄ちゃん……」

潤んだ瞳で見上げれば、篤史の顔が紅潮していた。

「ブラ、脱がすぜ？」

「や……っ」

思わず手で胸元を交差させたら、やんわりと篤史によって避《よ》けられてしまう。

「大丈夫。怖くない。だって、俺だよ？　梨沙、相手は誰より梨沙を知る、俺なんだから。お前が誰よりも信頼、信用してる男だ」

「……お義兄ちゃん」

不安を取り除かれた気がして、梨沙はおとなしくなる。

その間に、篤史は梨沙のブラジャーのホックを外して、完全に胸元を晒《さら》した。

「きれいだ……」

「み、見ないでっ」

「見ないわけないだろう？」

クスクスと笑われ、白くまろやかな乳房を下からすくい上げられる。

「ひぃっ」

そのまま持ち上げられ、グイグイと押し回された。

「あ、んんっ、や、あっ」

「梨沙……どんな気分だ？」

「わ、わかんないよっ……」

「でも、気持ちは悪くないだろう？」

「……う、うん」

認めるのは癪《しゃく》だったが、篤史の愛撫《あいぶ》は気持ちいい。梨沙への愛が溢《あふ》れているからか、それをじかに感じられるからか、慈しまれているのがたまらなく心地いいのだ。

「じゃあ、これはどうかな？」

「え……ん、ぁああ！」

ペロリと乳首を舌で舐《な》められ、思わず腰が浮いてしまう。ゾクゾクと、背筋に何か走るような衝撃があり、全身がビクビクと震えた。

「梨沙、これだけでもう固くなってる……感じてくれてるんだね？」

「やぁ……そんなこと、言っちゃ……やぁ……！」

クチュリ、クチュリと、口の中で乳頭をしごかれる。

そのたびにジュクリと下腹部が潤う気がして、梨沙は恥ずかしさから、自然と太ももをこすり合わせていた。

「梨沙のここ、すごく感度がいいな……しかもずっと咥《くわ》えていたくなる」

篤史は執拗に、乳首に吸いついてくる。

「な、何も出ない、からぁ……っ、そんなに、したら、やぁっ」

「出てほしいな」

「え……?」

「俺の子を孕《はら》んで、母乳が出るようになってほしい」

「ちょっ……お、お義兄ちゃん!」

我に返ってベッド周りを見回すと、そこには最初に見たときと同じ、コンドームが用意されていた。篤史は元から、いつかこうなることを望んでいたらしい。

梨沙がそれを確かめる様子を見て、篤史が苦笑する。

「わかってる。ちゃんと着けるから」

「あ、あ、当たり前でしょ‼」

「でもね、梨沙……」

両方の胸を寄せ、その間に顔をうずめて、篤史が小さく呟いた。

「——俺は、梨沙の子がほしいよ」

「お義兄ちゃん……」

いくらこの行為を許したとはいえ、そればかりは叶えてあげることはできない。だから返答に困っていると、篤史の手が下へ伸びていく。

「え、あ……っ⁉」

スカートをめくり上げられ、薄桃色の下着が露出する。

「やぁっ……そこは、そこはぁ……！」

わかっていながらも、梨沙はスカートを元に戻そうとした。

けれど篤史の力のほうが強くて、先にショーツを下ろされてしまう。

するとクロッチの部分から、ツウッと透明な糸が引いていることがわかった。

「あああ⁉　ダメ！　見ちゃダメェ‼」

必死に覆い隠そうとしたけれど、篤史はバッチリ見ていたらしい。うれしそうに笑い、ショーツを梨沙の足から完全に引き抜く。

「すごい……こんなに溢れさせて……そこまで感じてくれてたんだ……」

どうやら篤史は、相当感激しているようだ。

対する梨沙は、羞恥のあまり泣きたくなっていた。

梨沙だって女で、性欲はある。なぜ愛液が糸を引くまで下着に付いていたのか、わからないほど子供ではない。

「ああ……梨沙――」

「お義兄ちゃぁん」

篤史は梨沙の足を持ち上げ、M字に抱えた。それから手を伸ばし、指先で梨沙の濡れた股間をすくい上げる。

「ひぅうっ」

梨沙が甲高い声を上げたとき、篤史は愛液が付いた指先を愛おしそうに見つめていた。

「これが、梨沙の……」

「やあ、早く、拭いて、拭いて！」

サイドボードの上のティッシュを取り、篤史に渡そうとするも、彼はなんと濡れた指先を舐めたのである。

「ひぁあ⁉」

ビックリして目を丸くしていると、篤史がペロリと舌を出して己の唇を舐めた。

「おいしいよ」

「そんなわけ、ない！　お義兄ちゃんのバカ、バカぁ！」

涙が浮いた目で抗議するが、篤史はまったく動じない。さらに指先を、蜜口に滑らせていく。

「ひ、ぁああっ、そこ、そんなにしたら、ダメ、ダメェッ」

梨沙の秘部はすでに潤っており、篤史が手を動かすごとに、グチュグチュと卑猥《ひわい》な音が鳴った。

「やぁああ、お義兄ちゃん、ダメ、やぁあ！」

「ダメじゃないよ。必要なことだ」

そう言って、篤史は陰唇を広げると、ツンと飛び出た肉芽を見つける。そこはとうに固くなっているようで、篤史が指先でつまむと、梨沙が嬌声を上げた。

「きゃぁああっ⁉」

ビリリとした電流に似た感覚に、梨沙はグッタリしてしまう。しかし予想外の快感に、少なくない感慨を抱いていた。

「ああ、梨沙……感じてる梨沙、すごくかわいいよ……」

「やぁ……お義兄ちゃん、お願い、も、やめ……っ」

その懇願に、篤史がうなずくわけがない。

篤史は愛撫を再開すると、今度は濡れそぼった蜜口に指をゆっくりと挿入した。

「あ、あ、あ、あああっ！」

異物感に驚きつつも、媚肉《びにく》を擦《こす》られる感覚が気持ちいい。

篤史はズ、ズッと、奥まで差し込むと、上部にあるツルリとしこった部分を指の腹で突いた。

「ひぁああんっ⁉」

一番感じる部分を攻められ、梨沙の声が上がる。
グ、グッと指を上下に出し入れされると、愛液が止めどなく溢れてきて、シーツまでしとどに濡らした。

「あ、あ、あっ」

クタリと、梨沙は意識を失いかける。ここまでの快楽を得られるとは思っていなかった。しかも相手は兄だ。

しかし、だからこそ、実は禁断の愛が梨沙と篤史の心を押し上げていた。

篤史は興奮気味に秘孔から指を引き抜くと、今度は秘所に顔を寄せる。そしてペロペロと、そこを舐め始めたのである。

「やぁああっ、そんなとこ、汚いっ、ダメ、お義兄ちゃん、やめてぇええ！」

梨沙は慌てて腰を引こうとするも、足を抱きかかえられているので叶わない。

篤史は熱い息を秘部に吹きかけながら、「梨沙に汚いところなんてない」と言った。

「そ、んな——んんぅっ……や、あああっ」

クチュ、チュ、チュプッと、いやらしい音が室内に響き渡る。

処女だった梨沙の純白の部屋はいまや、淫靡《いんび》な色に染められつつあった。

「ああ、梨沙……！」

「んぅうっ、お、お義兄ちゃぁんっ」

気づけば梨沙は篤史の頭を手で押さえ、自然と股間へ導いていた。秘部から感じる悦楽が、身体全体を恍惚《こうこつ》とさせる。

篤史が顔を上げたとき、梨沙のほうは与えられた快感の多さから、すでにグッタリと弛緩していた。

「梨沙……俺、もう我慢できない」

切なげな顔を向けられ、梨沙は困惑する。

「お義兄ちゃん……」

梨沙はコクリと喉を鳴らし、やがて覚悟してうなずいた。

「わ、わかったわ」

「優しくするから。約束するから」

篤史は何度もそう言って、梨沙を安心させようとする。

「わかった」

梨沙は再びうなずき、そのときを待った。

篤史が梨沙の足を下ろし、膝立ちになる。ジーンズのベルトをカチャカチャ言わせて外すと、前をくつろがせ、股間をぽろりと露出させた。

それを見て、梨沙はゴクリと息を呑んだ。

(ちょっと、これって——!?)

篤史のそれはあまりに大きくて、太くて、長い。すでにスッと天を仰いでおり、その先端は先走りの液体でヌラヌラと濡れて光っている。赤黒い竿は脈動しており、ここからでもビクビクと動いているさまが感じられそうだった。

「お、お義兄ちゃんの、大きい、のね……」

思わず口をついて出た台詞に、篤史が苦笑する。

「いいもの持ってるのに、いままで持て余し続けてたよ」

それが梨沙との行為を望み続けていたのだという意味に気づき、梨沙は顔を真っ赤にした。

「本当に、痛い、のかな……？　血、出るのかな？」

「ごめん、そればかりは、わからない。でもさっき言ったように、ぜったい優しくするから」

真面目で真摯な篤史の顔を見て、梨沙は彼を信じることに決める。

「うん……」

梨沙が再び覚悟を決めたとき、篤史が梨沙の足の間に身体を入れてきた。

コンドームを装着してから、篤史は己自身を持ち、先端を梨沙の蜜口にあてがう。

「ひっ――」

それだけでビクンと感じてしまい、梨沙が仰《の》け反る。

（熱い……！）

「いくよ？」

もう一度、チャンスを与えるように篤史に言われるが、梨沙はもう止まれなかった。

「う、うんっ」

篤史が腰を押し進めてくる。グググッと、秘所に肉棒が押しつけられた。

「あ、あ、あっ……‼」

ズズッと、媚肉が押し広げられ、剛直が中を割って侵入していく。

「やぁあ、あああっ‼」

すっかり濡れていたので、考えていたよりもずっと痛みは少なかった。血も思ったより出ておらず、シーツを薄桃色に濡らしただけだった。それよりも膣壁を擦られる感覚が気持ちよくて、大きく喘《あえ》いでしまう。

「それ、ダメ、ああ、それ以上はぁああっ‼」

「梨沙っ……もう少し、もう少しだからっ」

ハアハアと、篤史が肩で息をしていた。初めての篤史も、狭い膣の中は苦しいものらしい。

「う、んっ……あ、ああっ、あああ‼」

ズンッと、腰を打ちつけられる。灼熱の楔《くさび》が、梨沙の中を貫く。

お互い繋がった状態で、涙目で見つめ合った。

「は、入った……の？」

「ああ、これで、ぜんぶ」

ハアハアと荒く呼吸しながら、禁断の行為にもかかわらず感動している自分がいることに、梨沙は気づいていた。

「梨沙、何考えてるの？」

篤史が不安げに問うてくる。

「え……、な、何も！」

まさか兄とのセックスが感慨深いなどとは言えず、梨沙はぶんぶんと首を必死に振ると、篤史が柔らかく笑った。

「俺は、うれしいよ」

「お義兄ちゃん……」

「梨沙とやっとこうなれて」

「……そう」

切なげに目を上げると、篤史もまた苦しそうにこちらを見つめている。

「お義兄ちゃん？」

「梨沙、ごめん。このままじゃ、俺、つらい。動いていい？」

「う、うんっ……」

梨沙が承諾すると、篤史は腰を動かし始めた。
グ、グッと、前後に揺すられ、梨沙の下肢から脳天までが痺《しび》れる。

「あ、あんっ、や、あぁっ、は、ああっ」

「ああ、梨沙、梨沙っ」

篤史は興奮気味に、抽挿を繰り返した。

容赦なくガツガツと奥を穿《うが》たれ、梨沙はあまりの快感にとろけてしまいそうだ。

「やぁあ、ああ、お義兄ちゃん、お義兄ちゃぁんっ、ああっ」

いつの間にか篤史の背中に腕を回し、梨沙はギュッと彼を抱き締めていた。

篤史は執拗に奥を突き、梨沙を翻弄《ほんろう》させる。

「んんぅっ、あ、ああんっ、そこ、そこはぁっ、ダメ、ダメェッ」

「あ、梨沙っ……奥、すごい、いいっ」

「ううっ、そんなこと、言っちゃいやっ、あ、ああっ」

「だって、梨沙のここ、温かくて、柔らかくて、締まって、最高だ……！」

篤史があまりに腰を速く、強く動かすものだから、パン、パンッと、肌と肌が打ちつけられる音が室内に響いた。

「おに、い、ちゃん、のも、奥っ、奥っ、すごい、いいっ、あああ！」

篤史の剛直が最奥の一番気持ちいい場所に当たり、梨沙の腰は浮いてしまう。あまりの気持ちよさに背を反らし、快楽を享受していた。

「梨沙、梨沙っ、最高だ、本当に最高だっ」

ズック、ズックと、篤史の肉塊が梨沙の蜜口をグチャグチャにしていく。蜜壺からは蜜が溢れ、ふたりの股間どころかシーツにまで丸い染みを作っていた。

「んぁあっ、お義兄ちゃん、お義兄ちゃぁんっ、や、も、もうっ、やあっ、ダメ、ダメェッ」

「梨沙っ、イッて？　俺ので、イッて？」

「む、無理っ……そ、そんな、初めて、なのに……っ、で、でもぉっ……！」

本当に初めてで、絶頂を感じるなんて無理だと思っているのに――少なくとも真穂から聞きかじったセックスの知識では最初からイけることなんてないらしい――、篤史と梨沙の相性がいいのだろうか、梨沙はもう間もなく絶頂まで押し上げられそうだ。

「梨沙、我慢しないで？　一緒に、イこう？　一緒に、ずっと、一緒に――！」

「あああっ、お義兄ちゃん、お義兄ちゃぁんっ、それ以上はぁあああ‼」

瞬間、ビクンと梨沙の身体が跳ねる。達した身体がビクビクと甘く痺れ、奥がキュウキュウと痙攣《けいれん》した。

「ああ、あああああっ……」

くたりと弛緩していると、うれしそうな篤史の顔が目の前に映る。

「梨沙……俺、うれしいよ。梨沙をイかせることができて」

「お、にぃ……」

チュッと、篤史が梨沙の唇にキスした。

ぼんやりとした頭で放心していると、

「俺もこれでイける……！」

ガツガツと、イッたばかりだというのに篤史が腰を激しく揺すってきた。

「ふあぁあ、ああ⁉」

驚きに腰を浮かせていると、再び快楽のボルテージが上がってくる。

「あ、あ、梨沙っ、俺も、もう――！」

瞬間、梨沙の中で篤史の熱が爆《は》ぜた。コンドームに熱い子種をぶちまけ、中を白濁に染めていく。

「ああ……」

じかではないというのに、その熱が感じられるような気がして、梨沙は目を閉じて篤史の絶頂を受け入れていた。

二章　背徳的な日々

翌朝、梨沙は篤史と顔を合わせないよう、逃げるように早々に家を出た。昨夜のことがあったすぐあとで、とても普通に接せられる自信がなかったのである。

遠い会社まで電車を乗り継ぎ、道を走ったせいでハアハアと肩で息をしながらオフィスに入り、席に座ったところで、隣の真穂もすでに出社していることに気づいた。鞄や水筒、弁当袋があり、机には資料の束が広げられている。

コピー室から真穂が出てきて、彼女も梨沙の存在に気づいた。

「あれ？　真穂、早いね」

「それはこっちの台詞だけど」

真穂が怪訝《けげん》そうに梨沙を見つめる。

梨沙はギクリとしつつも、真穂のほうに話題を逸らした。

「ま、真穂はなんの用なの？」

「週末はあんたに仕事押しつけちゃったから、悪いと思って今日の分の仕事を減らしに来たのよ」

「でも、あれは――」

「わかってる。等価交換だとは思ってるけど、仕事は仕事だから」

「真穂……っ」

ギュッと真穂に飛びつくと、彼女は驚いて梨沙を押しのける。

「な、なんなのよ、気持ち悪いわね！」

「いやあ、持つべきものはやっぱり親友よねって」

「何？　何かあったの？」

「えっと――」

しかし梨沙は返答に窮してしまう。義兄と関係を結んだなどと、口が裂《さ》けても言えそうにない。すべてはその場の感情に流されたまでのことだと、梨沙は自分を正当化しようとしていた。

「ううん、別に！　たまには早く出社しようかなあって！」

「ふうん？　あ、さては……」

真穂のニヤニヤ顔に、梨沙は再びギクリとさせられる。

まさか恋愛経験豊富な真穂だから、篤史とのことがばれてしまったのではないかとヒヤヒヤしていたが、どうやら違ったらしい。

「山本さんに会いたかったわけだ？」

「え、雅人さん？」

きょとんとする梨沙に、真穂は「あれ、違うの？」と首を傾げた。

だから梨沙は、慌てて何度も小刻みにうなずいてみせる。

「ううん、そう！　そうなの！　会社でしか会えないから！」

昨日の件はやはり、とてもではないが言えそうにない。

真穂が笑う。

「山本さんならとっくに出社してるわよ。さっき挨拶したもの」

「え、でもオフィスにはいないね？」

オフィスを見回すも、雅人の姿はどこにもない。

「会議室じゃない？　今日のプレゼンの準備があるって言ってたから」

「そう……」

なんだか無性に雅人の顔が見たくなり、梨沙は悄然とした。義兄と関係を結んでしまった罪悪感に押し潰されそうなのに、なぜなのだろうか。

このわけのわからない感情を、正当な彼氏であり冷静沈着な雅人なら解消してくれそうな気がするのに――。

そんな梨沙を見て、真穂は当然のように言った。

「会えなくて落ち込むぐらいなら、会議室に行ってみたら？」

「えっ⁉」

「いまならふたりきりになれるんじゃない？」

再びニヤニヤ顔で、真穂が付け足す。

梨沙はカアッと頬を赤く染めた。

でもこれは確かに、いい機会かもしれない。昨日のことをしっかり謝罪しなくては、雅人に申し訳ないままだ。

「う、うん……教えてくれてありがとう。私、ちょっと会議室に行ってみるね！」

「いってら～」

真穂は仕事の資料に目を落としたまま、おざなりに手を振って、梨沙を送り出してくれた。

会議室のドアを開けると、雅人がホワイトボードに何か書きつけているところだった。

「ま、雅人さん？」

そっと声をかけると、雅人が振り返る。

「あれ、梨沙ちゃん。早いね？　おはよう」

「おはようございます」

梨沙は緊張気味にドアを閉め、会議室の中に入っていく。

雅人は作業の手を止め、梨沙に向き合ってくれた。

「あの、昨日は本当にすみませんでした……‼」

九十度に腰を曲げて心からの謝罪をすると、雅人は恐縮しきってしまったらしい。慌てて梨沙の肩に手を置いて、顔を上げるよう促す。

「梨沙ちゃんは何も悪くないし、篤史さんも悪くないよ。兄妹間なら、よくあることなんでしょ？」

僕は一人っ子だから、気持ちがわかってあげられないけれど……と、自嘲気味に雅人が言った。

そう言えば雅人には、篤史が〝義理〟の兄だということは告げていなかったことを思い出す。しかしそれを言ったところで、余計にこじれるだけのような気がして、梨沙は口にすることができなかった。

「……そうですね、普通の兄妹間なら――」

複雑な表情の梨沙を、雅人が心配そうに覗き込む。

「大丈夫？　梨沙ちゃん、何か悩みがあるなら言ってよ。僕、彼氏なんだからさ」

「雅人さん……っ」

そのひとことですべて浄化されるような気がして、梨沙は雅人に縋《すが》りつきたくなった。

「あの、一緒に住む話なんですけど――」

「ああ、考えておいてくれた？」

「はい。できれば早めがいいです」

梨沙の毅然《きぜん》とした言葉に、雅人のほうが面を食らったようだ。「大丈夫？」と改めて聞かれてしまう。

「大丈夫です！　あまり兄を頼りすぎるのもよくないと思って……お互い大人ですし……お義兄ちゃんは会社を経営していて忙しくもありますから」

「そっか。うれしいなあ」

心底うれしそうに、雅人が微笑む。

その笑顔にほだされ、梨沙は心が凪ぐ気がした。

「それだけ言いたくて……雅人さんに会えてよかったです。それじゃあ――」

踵を返しかけた梨沙の手を、雅人が摑む。

既視感を覚え、梨沙はビクリと身をすくませた。

梨沙が驚いたものだから、雅人が申し訳なさそうに手を離す。

「ごめん。突然、ビックリしたよね」

「……あ、はい。急だったから……」

彼女なのに彼氏に手を取られたぐらいで驚くなんて――！　と、梨沙は自分の愚かさに後悔していた。昨日は手も繋いだのに、なぜかずっと昔のような気がしてしまうのだ。

「そういうウブな梨沙ちゃんが好きだよ」

「雅人、さん……」

ウブと言われて、もう素直にうなずけない自分がいる。雅人はもちろん梨沙のことを処女だと思っているに違いない。なんせ、手を取られただけでこの反応だ。

（でも私は、もうお義兄ちゃんに身体を――）

梨沙は懸命に首を横に振り、昨夜のことを忘れようと試みた。

「梨沙ちゃん、本当に大丈夫？　どうかしたの？」

当然ながら、雅人は挙動不審な梨沙を心配する。

しかし梨沙には「大丈夫」と答えるしか選択肢はなかったのである。

昼休み、梨沙は真穂とともに屋上のベンチで昼食を摂っていた。真穂はいつもの手作り弁当に自分で淹れた茶の入った水筒、梨沙は朝、行きがけにコンビニで買ったサンドイッチと牛乳だ。

梨沙が無言でもそもそと食べているからか、真穂が心配そうに声をかけてきた。

「ねえ、梨沙。今日ちょっとおかしいよ？　何かあったの？」

「えっ⁉」

ここでも心配されてしまい、梨沙は戸惑う。

(私って、そんなにわかりやすいの――⁉)

それは好ましいとは言えない状況である。篤史とのことが尾を引き、落ち込んでいるのは事実だが、顔には出すまいと必死で堪《こら》えていたのに。

「何～？　あたしにも言えないことなんだ？」

「……そんなことは、ない、けど」

(言えない。真穂にも言えない)

けれど真穂は、梨沙が想像している以上に鋭かった。

「梨沙、ちょっと色っぽくなったよね」

「は、はぁ⁉」

ぎょっとして、サンドイッチを取り落としそうになる。

真穂は淡々と弁当をつつき、思うままを口にしていく。

「なんていうか、雰囲気が。さては――」

「なんかあったとか、そんなの、本当にないってば‼」

しかし言っておいて、こんな子供みたいな台詞では、何かあったと言っているようなものだということに間もなく気づいた。

「さては山本さんとキスでもした？」

「……ええええっ⁉」

「え、してないわけ？」

梨沙の反応が意外だったようで、真穂のほうが驚いている。

梨沙は慌てて弁解した。

「してない！　してない！　するわけないじゃない！」

「……するわけないって、あんたたち、付き合って三ヶ月なんでしょ？」

やや引き気味に、真穂が改めて聞いてくる。

梨沙はうつむき加減にうなずいた。

その様子を見て、真穂が思案を巡らせる。

「ということは――篤史さん絡み、か」

「ええええっ⁉」

（なんでわかってしまうの⁉　お義兄ちゃんの〝お〟の字も言ってないのに！）

そんな梨沙の反応に、「やっぱりか」と真穂が溜息をついた。

「義理のお兄さんだもんね。一緒に暮らすとなって、いつかそうなるとは思ってたわ」

「……ほ、本当に？」

「本当に」

きっぱり断言され、梨沙は泣きたい気持ちになる。

「なら、最初から教えておいてよ～……おかげで私、処女じゃなくなっちゃったんだから」

しかしさすがにその言葉には、真穂がブーッと飲んでいたお茶を噴き出した。

「な、何⁉　やったの⁉」

「えっ⁉　わかってて言ったんじゃないの⁉」

お互い驚愕し合ってから、真穂は誰もいないのに声を潜める。

「せいぜいキスされたぐらいかと思ったわよ！」

「キスだけならよかったんだけどね！」

涙目のヤケクソ気味に言ったら、真穂がようやく同情してくれた。

「……そっかあ。梨沙、こりゃ大変だ……」

「そうでしょ⁉　弾みでキスされて、そのままつい流されちゃって……！」

「あらら……ご愁傷様」

「ご愁傷様⁉　それは言いすぎでしょ⁉」

「いや、だって、いやだったんでしょ？」

「……っ」

しかしここで、梨沙は返答に窮してしまう。

決していやではなく、断るチャンスがあったのに受け入れてしまった。挙げ句、初めてなのに絶頂まで感じてしまっただなんて、さすがにこればかりは言えそうにない。

それでも真穂のほうは、梨沙の沈黙で悟ってしまったようだ。

「……なるほどね。まあ、山本さんとの関係を続けたいなら、黙っておくことね」

「もちろん黙ってるに決まってるじゃない！　じゃないと雅人さんとは終わっちゃうわ！」

しばらく沈黙が続き、食事の音だけが憎らしいぐらい青い空に溶けていく。

梨沙は沈黙に耐えられず、サンドイッチが消化されるより前に真穂に問いかけた。

「ま、真穂？」

「何？」

「呆れた？　親友、やめたい？」

ハアッと、大きく真穂が溜息をつく。

「呆れるわけないでしょ？　親友だからこそ、ずいぶん難儀なことになったなって不憫《ふびん》に思ってただけよ」

「そ、そっか……」

それを聞いてわずかに安堵するも、真穂が言う通り、難儀で不憫な状況に変わりはない。

「私、どうしたらいいのかな……？」

「とりあえず山本さんには永久に黙っておいて、篤史さんには改めて妹として接することね」

「そ、そうだね！　それしかないよね⁉」

活路を見出した気がして、梨沙のドン底まで落ち込んでいた心はこの日、わずかに浮上するに至った。


終業後、おそるおそる、本当におそるおそるマンションまで帰ってきた。篤史はすでに帰宅しているだろうか？　梨沙は緊張しながら、玄関のドアに鍵を差し込んだ。

「た、ただいま」

声を潜め、小さく帰宅を告げる。

しかしありがたいことに部屋は暗い。篤史の靴もないので、梨沙のほうが早かったらしい。それとも篤史も昨夜の気まずさから、梨沙を避けているのだろうか。どちらにせよ助かったと、梨沙はホッと胸を撫で下ろした。

夕食を摂っている間にも、篤史は帰ってこなかった。

少し心配になったが、篤史は大人だ。大丈夫だろうと呑気に構え――スマホにわざわざ蒸し返すような連絡をしたくないという気持ちが大きかった――、梨沙はバスルームへ向かう。このまま風呂に入って、さっさと狸寝入りを決め込もうと思ったのだ。

我ながらいいアイディアだと、梨沙は即座に身体と髪を洗い、バスタブに入る。チャプンという水音以外しなくなったところで、玄関が外側から開かれる音がした。

「っ……!?」

まさかこんなときに帰ってくるなんて!?　と、梨沙は戦々恐々とする。

しかし考えようによっては、自分がいるのはバスルームだ。篤史が自室にこもったところで、すぐに自分も自室に入ってしまえばいい。ドライヤーは部屋に持っていってしまおう。

そう見積もっていたのに、なんと篤史がバスルームまでやってきた。磨《す》りガラスの向こうの脱衣所に、篤史の姿が映っている。

「ちょっ……お義兄ちゃん！　私、いま、入浴中‼」

バスタブの中で縮こまり、懸命に義兄を寄せつけまいと声を張った。

しかし篤史は何も言わない。それどころか、服を脱いでいる節さえある。磨りガラスの向こうに、肌色の割合が増えていくのだ。

「お、お、お義兄ちゃんっ!?」

わけがわからずに、梨沙は涙目になった。

このまま入ってこられたら、大変なことになる。

そしていよいよ、その大変なときがやってきた。

ガラッと、バスルームのドアが開けられてしまう。

梨沙は思わず、自殺志願者のごとく湯の中に頭を突っ込んだ。

「梨沙っ⁉　何やってるんだよ⁉」

驚いたらしい篤史によって、すぐに梨沙は救出される。

梨沙は頭からずぶ濡れになり、大きくゼイゼイと呼吸を繰り返した。

「何やってるも何も、それはこっちの台詞よ！」

「……っ」

篤史は気まずそうに顔を背け、それには答えない。

「なんで私が入ってるの知ってて、入ってきたの⁉　答えによってはいくら温厚な妹でも怒るからね！」

妹という立場をこれでもかと強調して振りかざし、梨沙は優位に立とうと試みた。

しかし篤史は、濡れた瞳で梨沙を見つめてくる。

「梨沙が俺を避けてたから」

「だ、だからって、何もお風呂場に入ってくることはないでしょ⁉」

「……我慢できなかった」

「え――」

「昨日の梨沙がかわいすぎて、我慢できなかったんだ」

「何言って――」

しかし言葉は続かない。

んぅっ⁉　と、気づけば梨沙は篤史に唇を奪われていた。

「お、にぃっ」

懸命に篤史を押し返そうとするも、体格のいい厚い胸板は微塵も動いてくれない。心臓から、ドクドクという激しい脈動を感じさせるだけだ。篤史は相当、興奮しているようだ。

「梨沙っ」

噛《か》みつくような荒々しいキスに、梨沙は拒めずに翻弄されてしまう。湯の熱さもあり、次第に身体がほてっていく。

「んぅ……う……ふ、ぁ……っ」

クチュリ、クチュッと、唾液の音を鳴らして、篤史は深く口づけた。

「はぁ……ふ、う……ぅぅ……」

飲み下しきれなかった唾液が、梨沙の口角からツウッと流れていく。その一滴が湯に溶けたときには、篤史もまたバスタブに身を投じていた。

キスをしながらの素早い所業に驚く間も抗議する間も与えられず、さらに荒々しく胸を揉みしだかれる。ふるりと揺れるふたつの乳房が、上下左右に押し回された。

「や、ん……あっ……あっ……っ」

いやだと思っているのに、ツンと乳首が固く尖ってしまう。

「ああ、梨沙……梨沙……」

熱に浮かされたように、篤史は梨沙に口づけながら両手で胸を揉み続けた。

ゾクンと、次第に身体が甘く痺れる。

昨夜の未だ冷めない興奮が呼び起こされ、梨沙の頭は混乱していた。

「ダ、ダメッ……お義兄ちゃん、これ以上は――！」

懸命に唇を離して、梨沙は必死に言葉を紡ぐ。

けれど篤史はやめようとしてくれない。

「梨沙っ……頼む、抱かせてくれ。昨日の梨沙が忘れられないんだ」

忘れられないのは、どうやら篤史も同じらしい。

「お義兄ちゃん……」

梨沙は眉を下げて、義兄の頬に手を伸ばす。

篤史がわずかな期待を胸に顔を上げた。

「い、いまだけ、なら……」

なんてことを口にしてしまったのかと、梨沙が思うより早く、篤史によってまたもや強引に唇を塞がれてしまう。

「んむっ⁉　うう、うっ！」

舌を無理やり挿入され、グチュグチュと口腔内をかき回された。歯茎、頬の裏、口蓋と、順に舐められていく。

それだけで脳天が痺れ、梨沙はクラクラしてくる。

これは湯の熱さのせいか、それとも――？

「ふぁあ……っ」

「そんなこと言う梨沙も、本当は俺に抱かれたいはずだ」

「な、何言って――はぅっ⁉」

固くなっていた乳首を指先で弾かれ、梨沙は快楽の片鱗《へんりん》に身体をよじった。

「そんなこと、あるわけ、ない……！」

真っ赤な顔で懸命に言うも、その声にはまったく説得力が伴わない。なぜなら梨沙は、篤史の愛撫が恋しくてたまらなかったからだ。キスも胸への愛撫も、それ以上も、これまで知らなかったすべてを篤史になら晒すことができた。

（もっと、もっとほしい――）

「そんな物欲しそうな顔して……いつまで虚勢を張っていられるかな？」

ニヤリと、篤史が笑う。

篤史の思う通りになんてしてやりたくないのに、身体は従順だ。篤史の愛撫を求めている。風呂の中で助かったが、キスと胸への刺激だけで、下肢はすでにとろとろだった。自分は兄にしてもらわなければならないほど飢えている、浅ましい女なのだろうかと、梨沙は愕然とする。

それから梨沙は、おとなしくなった。諦めの境地にいたからだ。

篤史もそれだけで梨沙の気持ちを理解したのだろう、手を下へ伸ばして、腰から腹を撫で、梨沙の秘部を攻め始める。

「ぁあっ……!?」

ツンと飛び出した花芽をつままれ、梨沙は嬌声を上げた。バスルームなので声が反響し、淫靡な色をますますかき立ててくる。

「梨沙はここが好きだよな?」

「んんっ……そ、んなこと、なっ……あ、ああっ!」
ク、ク、クッと上下に動かされ、快感のボルテージが上がっていく。
快楽なんて否定したいのに、悲しいことにもうそんな台詞さえ出てこない。

「んぅうっ、はぁ……あ、あ、そ、んなにしちゃ、やぁ……っ」

「そうか。じゃあ、こっちはどうかな?」

篤史はクスクスと笑いながら、指先を伸ばして、濡れた蜜口に押し当てた。

ビクッと、梨沙が身をすくめる。

「そこはっ、ダ、ダメェッ！」

これ以上は……と懇願する梨沙に対して、篤史は逆にこれ以上進みたくてたまらないらしい。梨沙の言葉を無視して、指をグッと突き入れてきた。

「ひぅうっ⁉　あ、あ、あっ‼」

膣口に指を出し入れされ、そのたびにチャプチャプと湯が波立つ。

喘ぐ梨沙の顔を、篤史は恍惚顔で見つめていた。

「梨沙……ここ、どうなってるか、見たい」

「む、無茶、言わない、でぇっ」

お互いに湯の中で、どうやって陰部を見せろというのだろうか。まったく思いつかない梨沙を、篤史は軽々と腰を持ち上げて立ち上がらせた。ザバッと、梨沙の身体が湯から出る。

「あ……っ」

湯にのぼせてか、それとも篤史の愛撫のせいか、梨沙はクラクラする中、バスタブに立った。

「片足を脇に乗せて？」

「え……」

ぼうっとしていたので、言われるままに片足をバスタブの壁面の上に乗せる。

するとí史は梨沙の股間に顔を寄せ、わずかの迷いもなく秘部を舐め始めた。

「ひぁっ⁉」

驚いてやめさせようと篤史の頭を摑むも、篤史は梨沙の腰に腕を回して、離してくれそうにない。ペチャペチャと音を立てて、梨沙の愛液をすすっていた。

「梨沙……すごい……ここ、こんなにとろとろにして……」

言われた通り、梨沙の蜜は太ももに伝うほど潤っている。

「やっ……！　言わない、でぇ……！　あ、ああっ！」

「俺の愛撫、待っててくれたんだね」

「そ、んなんじゃ、ないっ」

懸命に首を横に振るも、これにもまったく説得力がない。身体は芯まですっかりとろけ、いつでも挿入可能になっていたからだ。

「ああ、梨沙……すっごく、甘い……っ」

「やぁ……お、お義兄ちゃぁん……それ以上は、お願い……っ」

クチュ、クチュと、陰部から卑猥な音が響く。

「わかった」

そしたらあっさりと、篤史は秘所への愛撫をやめてくれた。

ホッと胸を撫で下ろす梨沙だったが、篤史によって腰を抱きかかえられ、再び湯の中に戻される。

「お、お義兄ちゃん？　熱いから、もう私、上がりたい……」

そう言ってバスタブを出て逃げようとした梨沙を、篤史がとどめた。

ニヤッと、篤史が口角を上げる。

「何言ってんの、梨沙？　これからが本番じゃないか」

「お、お義兄ちゃん……!?」

やっぱりセックスする気なのかと、梨沙は愕然とした。

（こんな関係、やっぱり普通じゃない――！）

そう言いたいのに、とろとろの身体は知ったばかりの雄を求めてしまう。

「………ちょっと、だからね」

真っ赤になった顔で、そうささやく。

「うん」

「本当に、ちょっとだからね！」

「いいよ」

篤史がうれしそうに笑う。その笑顔は子供のころのような無邪気なものだった。

だから梨沙は、つい義兄の頼みを聞いてしまうことになるのだ。

「で、どうすればいいの。こんな体勢で」

梨沙と篤史はバスタブで向かい合っていた。

篤史は足を広げ、梨沙が上に座るよう誘導する。

ユラユラと波立つ湯の中を見れば、篤史のコンドームをまとった陰茎はすっかり勃ち上がっていた。梨沙が何もしなくても、梨沙への愛撫だけで彼は興奮したらしい。その大きさ、長さ、太さにはやはり圧倒されるものがあったが、梨沙はおずおずと促されるまま篤史の上に座った。

「挿《い》れるよ、梨沙？」

「う、うん……」

篤史は自身の具合を確かめてから、己を摑み、梨沙の蜜口へと導く。

入り口に篤史の先端が当たっただけで、梨沙はビクリとすくんだ。でもそれは未知なる恐怖への反応ではなく、期待への興奮だった。そのことに、梨沙は気づいていない。

篤史が支えている梨沙の腰を、ゆっくりと下へ落としていく。

「あっ……あ、あ、あああっ‼」
ズ、ズズッと、梨沙の中に篤史が入っていく。
「ああ……梨沙……っ」

篤史も興奮しているようで、さっそくキスを求めてきた。

梨沙はキスに応えながらも、媚肉を割る剛直の感触に悶《もだ》える。

「ふぅっ……んんっ、う、ふ、ううう っ！」

ズンッと、結合したところで、ふたりは目を合わせた。互いに熱い吐息を交わし合い、濡れた瞳で見つめ合う。

「お、お義兄ちゃん、これ……」

「ん？」

「深いの、き、気持ちいいっ」

最奥までミッチリと満たされる感覚が、たまらない快感を呼ぶ。

「もっと気持ちよくなるよ」

下から突き上げられ、梨沙は喘いだ。

「あああっ、んぅっ、はあっ、あ、やぁっ、んぁっ」

動くたびに、チャプン、チャプンと、激しく湯が波立つ。

「梨沙も動いてみて？　より悦《よ》くなるから」

「う、んっ」

梨沙も勇気を出して、篤史の動きに合わせて上下に身体を揺すってみた。

するとと媚肉を擦られる感覚が二倍になり、さらなる快楽を与えてくる。

「あぅっ、やんっ、はぁっ、き、きもち、いい、あ、あああっ」

セックスとは、なんて甘美なものなのだろう。

それは義理とはいえ、兄とする禁断の行為だからなのだろうか――？

梨沙には一生わからない気がしたが、答えはすぐ目の前にあるような気もする。

それよりもいまは、悦楽を享受することに徹したい。

「ああ、お義兄ちゃん、お義兄ちゃんっ、こ、の体勢、深い、深いのぉっ」

「わかってる。梨沙、感じてるんだね？　俺もうれしいよ」

篤史は勢いに乗って、ますます下から梨沙をガツガツと穿つ。

梨沙の快感は高くのぼり始め、絶頂に向かっていた。

「んんっ、お、お義兄ちゃん、このままじゃ、イッちゃ、イッちゃう、私、ダメェッ！」

「いいよ、イきなよ。梨沙をイかすの、俺、好きだから」

「でも、でもぉっ」

ここまできてしまったからにはフィナーレを迎えたい。けれど、それではなんだか物足りないような気がした。

「一緒に、ねえ、お義兄ちゃんっ……お願い、一緒に、一緒にイきたい……っ」

「梨沙……っ」

篤史が気を遣って、梨沙を先に絶頂に飛ばそうとしていることは知っている。

しかし自分だけが快感の頂点を得ても、なんだか釈然としないのだ。あとから篤史もイくのだろうが、できればふたり一緒がいい。なんでもふたりでやってきたのだから、それはセックスだって同じ感覚なのかもしれなかった。

「わかったよ、梨沙っ……俺も、もう、我慢しない――――！」

「お義兄ちゃん……っ、んぁああ‼」

篤史の突き上げが、さらに深くなる。いままで梨沙のために調節していたのか、本気になった篤史の情動は度しがたい。

「ああっ、お義兄ちゃん、お義兄ちゃぁんっ、深いよ、深いっ、ああ、あんっ、やぁああ！」

ズン、ズンと、下から思い切り突かれ、梨沙はガクガクとされるまま揺さぶられていた。もう篤史のタイミングがわからず、自分からは動けなくなって、クタリと篤史に身を預ける。

篤史はそんな梨沙の背中を支え、腰を押しつけて必死に身体を動かした。

「ん、んぅっ、はあ、あ、あああっ、も、もうダメ、ダメだよぉ……っ」

「俺も、俺もイきそうだ……！　梨沙、一緒に、一緒に……っ」

「うんっ、お義兄ちゃん、お義兄ちゃぁんっ‼」

篤史の亀頭が、梨沙の最奥のツルリとしこった部分を思い切り突く。

瞬間、梨沙は絶頂に飛ばされた。

「ふぁあああああっ‼」

ビクン、ビクンと身体が震える。全身がガクガクと小刻みに揺れ、肉体的にも精神的にも自分を保っていられる自信がない。

梨沙の膣道は蠕動《ぜんどう》運動を始め、グニュグニュと動き、子宮口へと肉棒を誘う。

「う、くぅ――――‼」

篤史もまたその衝撃に耐えられなかったのだろう。間もなく先端から白濁をぶちまけ、コンドームの中に吐精する。

ビュクビュクと吐き出される子種は、決して梨沙の子宮には入っていないのに、そのすべてを受け入れているような気がして、梨沙は恍惚とした。

「はあ、はあ、はあ……」

互いに大きく呼吸し合い、濡れた瞳で見つめ合う。

「梨沙……最高だったよ」

「お義兄ちゃん……」

篤史が梨沙をギュッと抱き締めてきた。

最高だった。それは間違いない。けれどこれはいけない行為だ。その理性が、梨沙の言葉を妨げていた。

風呂から出ると、篤史は当然のように梨沙の髪と身体をバスタオルで拭いてくれる。

「大丈夫だから」と言っても、「俺がやりたいだけ」と断られてしまった。されるがままにドライヤーをかけてもらい、パジャマを着せてもらって、寝る準備がすっかり整う。

しかしここで、篤史が夕食を摂っていないことに、はたと気づいた。

「ねえ、お義兄ちゃん。ごはん、食べてきたの？」

「いや。遅くまで仕事してたから」

ガシガシと、自分の頭はおざなりに拭きながら、なんてことないように言う。

妹としてそれは看過できなかった。

「ちゃんと食べないと疲れちゃうよ！」

「いや、今日はもういいよ。遅いし」

「もう！　相変わらず面倒臭がり屋なんだから」

「梨沙……」

篤史が困ったように梨沙を見る。

梨沙はパジャマの袖をめくり上げ、キッチンに立った。

「簡単なものでいいよね？」

「いいよ！　梨沙はもう寝ないと！　明日も仕事だろ？」

「放っておけません！」

さっさと話を切り上げ、包丁とまな板を取り出す。さっきの残りの白米でおにぎりと、野菜スープならすぐに作れそうだ。そこにできあいだが、漬物を付ければ完璧だろう。

「梨沙、ありがとう」

ふいにうしろに気配を感じたと思ったら、篤史が背後から抱き締めてきた。

梨沙は動揺しないよう、なんとか妹として振る舞う。

「いいの。お義兄ちゃんは座って待ってなさい」

「……でも俺、こんな無防備な梨沙、それこそ放っておけない」

「えっ――って、あ！」

うしろから胸を揉まれ、その反動で、切ろうとしていた人参が床に落ちた。

「あ、お義兄ちゃん！　包丁使ってるときはダメ‼」

きっぱり言うも、篤史のまさぐる手は止まりそうにない。

パジャマの裾から手を入れてきて、素肌の乳房を下からすくい上げた。

「梨沙の胸、好き」

「ちょっ……お義兄ちゃんっ」

懸命に料理しようと思っているのに、篤史のせいでぜんぜん進まない。それどころか快楽が邪魔をして、料理の概念などどこかにすっ飛んでいってしまいそうだ。

篤史は乳首をコリコリとつまみ、梨沙の快感を押し上げていく。

「あ……や、ぁ……!?」

手が震えて、さすがにもう包丁を持っていられない。

「お義兄ちゃん、ダメ……っ……危ない、から……っ」

「ダメ、じゃないぜ。こんなに固くして」

「そ、それは触られてるからで——ひぅう!!」

固く尖った乳頭をきつくつねられ、梨沙はビクリと身を跳ねさせた。

「感じてる梨沙も、好き」

「やぁ……もう、やめてぇ……っ」

泣きそうになり、梨沙が振り返る。

するとタイミングを計ったように、篤史が梨沙の唇にかぶりついてきた。クチュ、クチュリと、唇をついばみ、食《は》み合う。

「ふぁ……っ」

互いに舌を出し合い、絡ませ、ピチャピチャという音がキッチンに響いていく。

その間にも篤史は胸への愛撫をやめず、梨沙の大きな乳房を上下左右に押し回していた。

「んぅ……ふ、ぅ……ぁ……ああっ」

「ああ、梨沙、梨沙っ」

熱に浮かされたように妹を呼びながら、篤史は片方の手を下へずらして、梨沙のパジャマのズボンに突っ込んでくる。

「あっ⁉　ダメェッ……！」

懸命に抵抗しようとするも、下着の上から秘部を触られ、間もなく腰砕けになった。

「ひぁ、あ……そ、そこはぁ……っ」

「梨沙……ここ、もう濡れてるぜ？」

耳元でささやかれ、梨沙はビクビクと身をすくませる。耳朶が弱いことも、篤史と関係を持つようになって知ったことだ。

「そ、んなこと、言わない、でっ」

けれど篤史は、下着のクロッチの横から指を入れ、梨沙の素肌に触ってきた。そこはすでに潤っており、情けないことにクチュリと音がしてしまう。

「ああっ⁉」

「こんなに濡らして……風呂場の一回だけじゃ足りなかったんだな？」

「そんな、こと、ない……！」

必死で抗おうとするけれど、残念ながら身体は正直だった。

篤史が肉の蕾《つぼみ》を見つけ、そこを重点的に攻めていく。

「あ、あ、ダメェ……そこ、ダメェ……っ」

「梨沙はここが好きだな」

ククク ッと、篤史が喉で笑い、花芽をクリクリと指先でつまんだ。するとそこは次第にプックリと大きく膨らみ、ツンと存在を主張し始める。

とろとろと、蜜口から愛液が伝っていくのがわかった。恥ずかしいことに、いまごろ下着のクロッチはグショグショに違いない。

「んんぅ……おにい、ちゃ……このままじゃ、や……あ、私、ああっ」

「うん、わかってる。梨沙、繋がろう？」

「っ⁉　そ、そういう意味じゃ——あああ⁉」

篤史を振りほどこうとする前に、篤史がパジャマと下着を一気に膝下まで下ろしてしまう。素肌が露わになり、夜気に当てられてひんやりとした。

「ま、待って！　ど、どうするのっ⁉」

戸惑う梨沙のうしろで、篤史はすでに下肢をくつろげていた。そこはすっかり勃起しており、赤黒い竿と先端が天を仰いでいる。

振り向いたところで再びキスされ、梨沙は篤史の手に促されるまま臀部《でんぶ》をうしろに突き出した。

「あ、待って……こ、こんな体勢……っ、あ、ああ、やぁあああ‼」

うしろから蜜口に己を押し当て、篤史が腰を進めた。

グ、グッと突き上げていくうちに、狭い膣道が押し開かれていく。
「ああ、あああっ、お義兄ちゃぁんっ……‼」

うしろから犯されると、何をされているか見えない分、快感が増す気がした。

「く、梨沙っ……うしろ、も、最高だ――」

「んんっ、あ、ああっ」

ズンッと、最奥まで入ったところで、梨沙は息を詰める。

「はあ、はあ……お義兄ちゃん、き、キツいぃ……」

「うんっ……足を閉じている分、締まるな」

そのまま篤史は梨沙の腰を持ち、ズックズックとうしろから突き始めた。

「ああっ、んぁっ、はぁっ、ああ、あっ、んぅうっ」

「梨沙、梨沙っ」

梨沙を呼びながら、篤史は絶えず腰を動かす。

梨沙は翻弄され、されるままとなっていた。

「あんっ、や、あああっ、深い、深いっ、よぉっ……！」

うしろからは肉棒の反りが反対側になる分、また違う快感に襲われる。前からとどちらがいいかというわけでもなく、とにかく篤史の熱杭は梨沙の蜜壺を串刺しにし続けた。

ジュプ、ジュプと、尻肉に挟まれた愛液が、切なそうな音を立てる。

「ふぁあっ、あ、んんぅっ、きもち、気持ちいいっ、お、にぃ、おにい、ちゃっ」

「梨沙っ……今度は、こっち向いて？」

「えっ……？」

篤史が動きを止めたので、梨沙がぼんやりと振り返った。

ずるりと剛直が抜かれると、コンドームが装着された男根がてらてらと愛液に濡れて光っている。そう言えば篤史はいつの間にかコンドームを着けているが、いったいいつそんな暇があるのだろうと、どうでもいいことが頭をよぎった。

梨沙は言われた通り向かい合った。

すると篤史は、梨沙を抱きかかえ、シンクの上に座らせる。

「えっ……こ、こんな体勢で——？」

「これなら顔が見えるから」

戸惑う梨沙に対して、篤史はそう言って微笑んだ。

確かに顔が見たいと思ったのは、梨沙も同じだったから、前向きになるのはやぶさかではない。

「でも、恥ずかしい……っ」

「すぐに悦くなるよ」

ニッと篤史は笑い、梨沙の片足を抱え上げた。

「あっ……！」

濡れそぼった秘部が露わになり、梨沙はいまさらながら顔を真っ赤にする。

そんなウブな梨沙がかわいいのか、篤史が口づけしてきた。

「ふぅっ……ん……あ、は……んぅ……」

篤史とのキスは気持ちいい。セックスも気持ちいいが、キスはやはり格別だった。ずっとしていられる気がする。

「梨沙、挿れるよ？」

「う、うん」

篤史が、今度は前から挿入してくる。

灼熱の楔が、媚肉を押し広げ、蜜壺目指して突き刺さっていく。

「ああ、あああっ!!　熱い、熱いよぉっ!!」

いろんな行為を試してきたが、梨沙はこの瞬間が一番好きだった。中をあばかれる感覚がどうしようもなく気持ちよくて、頭の芯がクラクラしてくる。

「あ、梨沙っ……い、いい――！」

グッと、快感に息を詰めたのは篤史も同じだ。

ふたりは最奥まで繋がり、濡れた瞳を合わせた。

ハアハアと荒く息をつきながら、唇を寄せ、甘く口づけ合う。

「ん、あぁ……は、んぁあ……んん……ふ、ぅ……！」

「動くよ」

「え、ええっ」

梨沙が了解すると、ズンッと篤史は初っぱなから激しく抽挿を始めた。

「ひゃあっ、あ、ああんっ、やぁっ、は、あああ、あんっ」

向かい合っていることから、グッチュ、グチュと、結合部に出し入れするさまが丸見えで、梨沙は羞恥に顔を染める。

自身の淡い和毛《にこげ》の下に、太く赤黒い剛直が奥まで挿し込まれたり、先まで出されたり、そんな様子がお互い見て取れたのだ。肉棒は愛液に染まり、テラテラと濡れ光っている。

「梨沙、見える？　俺のが、梨沙のを突いてるよっ」

「やぁ……そ、んなこと、言っちゃ、やぁ……っ」

梨沙は羞恥に苛《さいな》まれながらも、それでも結合部から目が離せない。

「梨沙……そんなに見つめて……俺のが、ほしいんだね」

「お、お義兄ちゃぁん、お義兄ちゃぁんっ」

うなずきこそしなかったが、梨沙はいま、間違いなく篤史がほしい。

篤史は期待に応えるよう、ズンズンとさらに奥を突いていく。

「はぅあっ、あ、ああんっ、や、ああ、あんっ、は、あああっ」

衝撃からうしろに落ちないよう、梨沙は篤史の首に腕を回して抱き締めた。

篤史もまた片方の手で梨沙の腰を支えている。

「梨沙っ、ああ、梨沙、好きだ、好きだ——！」

「ふぁあああ、お義兄ちゃぁん、お義兄ちゃぁんっ」

ひときわ強く最奥のしこった部分を突かれ、梨沙は目の前に火花が散ったようにチカチカした。

「やぁっ……お義兄ちゃん、イき、イきそうっ……！」

「俺も、我慢できそうにない……！」

パン、パンッと、肌と肌を打ち合わせ、篤史は激しく腰を揺する。

絶頂がもうすぐそこまで迫り、梨沙は篤史を強くかき抱いた。

「あ、あああああっ‼」

グッと身を固め、絶頂の衝撃に備える。

瞬間、ビクンと身体が震え、全身がビクビクと痙攣し始めた。

膣内の蠕動運動が篤史の雄を締めつけ、今度は篤史を翻弄する。

「ああ、梨沙っ……そんなに締めたら——！」

くうっと、篤史が息を吐いた。

梨沙を強く抱き締め、股間を押しつける。先端からはビュクビュクと白濁が吐精しており、コンドームを白く染め上げた。篤史は最後の残滓《ざんし》に至るまで放つように、グイグイと腰を奥まで揺すっていた。

「……お義兄、ちゃん……」

ハアハアと息をしながら、梨沙が篤史の顔を覗き込む。

吐精したばかりの篤史だったが、情欲の灯火は消えていないらしい。目がギラギラとした光を放っていた。その目が合い、ドキリと、梨沙は心臓を跳ねさせる。

「梨沙、愛してる」

「え……」

まさかの愛の告白に、梨沙は驚愕して言葉も続かない。

「愛してるんだ……」

「お義兄ちゃん……」

篤史はギュッと梨沙を抱き、吐精したばかりだというのにさらに腰を揺すり始めた。

「えっ……あ、ああ!?」

蜜口から感じる篤史は、すっかり硬度を取り戻しており、梨沙の中ですでに暴れ回っている。

「も、もうっ……これ以上はっ……明日も、し、仕事っ」

「わかってる。わかってるけど、梨沙が愛しすぎて、止まらないんだっ」

「ああ、お義兄ちゃぁんっ」

ズン、ズンと、梨沙に構わず篤史は彼女を穿った。

「梨沙、頼む。いまだけでいいから、俺を好きだと、愛してると……！」

「お義兄ちゃんっ……」

だけどそれを言ったら、もう二度とここに戻ってこられないような気がして、梨沙は最後まで口にすることはできなかったのである。


「はぁああ⁉　義兄とやりまくってるだと～⁉」

昼休み、定番の屋上のベンチで、真穂は声を上げた。

近くにはほかに誰もいないとはいえ、梨沙はヒヤヒヤしてしまう。

「ま、真穂っ、声、大きい‼」

「大きくもなるわよ！　なんでそんな急転直下なことになってるわけ⁉」

「それが――」

梨沙はどう説明していいものか悩んだが、結局事実を口にすることにした。

「拒めないの……その……悦すぎて……」

それを聞いて、真穂は絶句する。

梨沙は沈黙を埋めようと、必死に言いわけした。

「お義兄ちゃんは兄だってわかってるよ！　わかってるんだけど、だからこそ信用できるっていうか、安心して身を預けられるっていうか！　とにかくっ……ど、どうしよう？」

真穂に助けを求めるよう、涙目で縋ると、彼女は大きく溜息をつく。

「冷静に考えて、山本さんはどうするのよ？」

「……っ」

当たり前のことを聞かれ、梨沙は息を呑んだ。

真穂はさらに畳みかけてくる。

「あんたの彼氏は山本さんでしょ？　そういうことするのは彼氏とでしょ？　相手を間違ってることにさえ気づかないわけ？」

矢継ぎ早の問いに、梨沙はたじろぎ、慌てた。

「き、気づいてる！　気づいてるよ！　だから早く雅人さんと一緒に住もうと思ってて……っ」

「住めば解決すると思ってるの？」

「え……」

きょとんとする梨沙に、真穂が呆れたように続けた。

「それで篤史さんがあんたを諦めるって保証がどこにあるのよ？」

「そ、それは……」

「最悪、どっちともやらなきゃいけないことになるかもよ？」

「そんなっ⁉」

潤んでいた目から本当に涙が溢れ、梨沙は完全に八方塞がりとなる。

「無理だよ！　身体が保《も》たないよ！」

「……そういう問題？」

真穂はもう完全に呆れてしまったようだ。ジト目で梨沙を見つめている。

「無理にでも篤史さんとの関係はいますぐ切ることね。それには確かに、あんたの言う通り、山本さんと暮らして物理的に離れるのが一番かもしれないわ」

「や、やっぱり……？」

梨沙は袖で乱暴に涙を拭いながら、真穂の言葉を真摯に聞いた。

「ええ。山本さんにちゃんと相談してみたら？　相手はすでにその気なんでしょ？」

「うん……なるべく早く、とは言われてる……」

うつむき加減にうなずいたら、「それもねえ……」と真穂に意味深に言われる。

小首を傾げ、梨沙は真穂に先を促した。

真穂はきれいなラインの顎に手を添え、難しい顔をする。

「いや、ちょっとね。引っかかるだけ」

「山本さん、付き合って三ヶ月で同棲を即断即決するなんて、それも早すぎるよなあって」

「何に？」

「え？　三ヶ月も経てば普通じゃない？」

〝普通〟の、三ヶ月ならね！」

「あ……」

真穂の指摘通り、梨沙と雅人はこの間まで手も繋いだことのないほど清い付き合いだった。それがいきなり一緒に暮らすとなったら、あまりに早急すぎると思うのも当然だろう。

「山本さんも何を考えてるんだかねえ……まずは今夜辺り、食事にでも行って聞いてみれば？　仕事のほうは、もう落ち着いたんでしょ？」

「うん、たぶん……そうだよね。話さないと、だよね」

梨沙はうなずき、スマホを取り出す。パネルを操作して、ふたりにメールを送った。

「――なんで篤史さんにも送るわけ？」

スマホを覗き見ていた真穂が、訝しげに問う。

なぜか申し訳なさそうに梨沙は言った。

「帰りが遅くなると、車で迎えに来ちゃうから……」

「あっそ」

真穂はもう本当に呆れ果てたらしく、それ以上は言葉にもならないようだった。

篤史からのメールの返信は、やはり梨沙を心配するものだった。

『真穂さんと食事なら仕方ないけど、遅くなるなら危ないから迎えに行くよ？』

真穂と食事へ行くと嘘をついてしまったので、迎えに来られるわけにはいかない。正直に雅人と食事に行くと言っても迎えに来ると言い張っていたと思うが――。

だから梨沙はなじみの店だし早めに帰るから大丈夫と告げ、篤史を無理に安心させた。

篤史はさらに返信してきたが、こちらは強制的にシャットアウトしてしまう。

問題は、雅人のメールのほうだったからだ。

『いいけど、どうせなら僕の家に来ない？』

こんな意味ありげな返信に、梨沙は戸惑いを隠せない。

彼氏なのだから、ふたりきりになるのは当然だけれど、梨沙と雅人の関係性を考えると、その提案は早すぎるように感じた。

真穂の言葉を思い出す。

――山本さんも何を考えてるんだかねえ。

そう、彼氏なのに雅人が何を考えているのか、梨沙には見当もつかないのだ。

だから懸命にメールを打ち直し、再度送信してみる。

『お勧めのお店があるんですけど、そこにしませんか？』

するとしばらくして、やや渋々感はあったが、雅人から了解の旨の返信が来た。

梨沙はホッとして、ようやくスマホを鞄にしまおうとする。

しかし、そこで上司が机の側に立っていることに気づいた。しかも壮年の彼は目を細め、非常に怖い顔をしている。

「あ……か、課長……」

梨沙はドキドキしながら、いまさら仕事の資料を机の上に並べ始めた。パソコンの液晶は触らない時間が長すぎて、すでに待機画面になってしまっている。

「佐藤くん、今日は残業確定だな」

「ええっ⁉　そ、そんなっ……」

梨沙が泣きそうになって上司を見上げるも、彼は許してくれなそうだ。

「勤務時間中に堂々とスマホをいじっていたんだ。当然だろう？」

「……はい」

言われた通りだったので、梨沙は諦めてシュンとうなだれた。

課長が去ってから、隣の真穂をちらりと窺《うかが》うと、「バカねえ」と呟かれてしまう。でもさすが親友だった。

「あたしが代わりにやってあげようか？」

「真穂……っ‼」

本当は甘えたい気持ちが大きかったが、これ以上真穂に甘えるわけにはいかない。自分のミスが招いたことなのだから、責任はきちんと取ろうと思った。

「ありがとう。でも大丈夫。残業なんかさっさと済ませて、ちゃんと雅人さんと食事に行けるようにするから！」

トイレに行ったときにでも、雅人には先に店に行っていてほしいと伝えよう。

結局真穂には、雅人が部屋に誘ったことや店を渋ったことは言えなかった。なぜか考えてみたけれど、深みにはまってしまうような気がして、本能が拒否していたからだ。


「ずいぶん遅かったね」

和食系居酒屋の席で煙草を吹かしながら、雅人が第一声にそう告げてきた。

残業になるとは言ったものの、遅くなったのは間違いなく梨沙のせいなので、梨沙はうつむき加減に謝罪する。

「ごめんなさい……課長に見張られてたこともあって……」

「そう。まあ、いいけど」

雅人は珍しく機嫌が悪そうだった。

「僕、自分の目標達成のために待つのは好きだけど、無為に待たされるのがきらいなんだ。時間の無駄だからね」

だから僕の家にしようって――と話が続いたものだから、梨沙は慌ててメニュー表を取る。幸い店員が傍にいてくれたため、すぐに注文をすることができた。

「個室の店がよかったなあ」

「ご、ごめんなさい……」

謝ってばかりだなあと、梨沙は思う。

雅人は灰皿の上で三本目の煙草を消してから、梨沙に改めて問うてきた。

「それで、話って何?」

「あ、あのっ、一緒に住むことですけど!」

「ああ、うん。前向きに考えてくれてるんだよね?」

にこりと、雅人がようやく微笑む。

梨沙はホッと胸を撫で下ろし、言葉を継いだ。

「はい。でも、あの……まだ三ヶ月目なのに、いろいろ早すぎませんか?」

真穂の助言を信じて、梨沙はやっとこの疑念を追及することができた。

「そうかなあ?」

すると雅人は四本目の煙草に火を点《つ》け、紫煙をくゆらせる。

「僕の仲のいい従姉妹《いとこ》が出会ってすぐ同棲して結婚したから、僕はそれが普通だと思っていてね」

「ああ……なんだ、そうなんですか」

意外な事実と家族関係を聞き、梨沙の雅人に対する疑念はすぐに晴れた。そういう例があるのであれば、同棲を急ぐわけもわかる気がする。ということは、さらに突き詰めて考えると、雅人は梨沙との結婚まで視野に入れてくれているということになる。

途端に梨沙の頬は紅潮して、出てきたばかりのレモンサワーをガブ飲みした。

「そんな一気に飲んで大丈夫？」

半分以上ジョッキが空になったため、当然ながら雅人が心配してくる。

梨沙はプハーッと言いながら、ジョッキをテーブルに置き、濡れた口元を拭った。

「だ、大丈夫れす！　私、お酒は弱いんですけろ、なんだか熱くなっちゃって……！」

さっそく酔いが回り、呂律《ろれつ》もおかしくなる。

「それより雅人しゃん、あの、け、ケッコン――」

「え？」

「い、いえ、ケッコウ混んでますね、この店！」

周囲がざわめいていたので、そうごまかしたら、雅人が思い出したように文句を言った。

「君のなじみの店らしいけど、僕は落ち着いた個室のある店のほうが好きだな」

「……ご、ごめんらさい」

「もう謝らないでよ」

クスリと、雅人が苦笑する。

「ごめ――」

再び謝りそうになり、梨沙は代わりにジョッキに口を付けた。

「雅人しゃん、雅人しゃんは、こんな私のどこがよかったんれすか……？」

「え？」

「だって、どう見たって、親友の真穂のほうがいい女だと思いましゅし……」

「中村さん？」

ああ……と、雅人は真穂を思い出すように上向く。

「確かに素敵な女性だと思うけど、経験豊富そうっていうか、百戦錬磨っぽいイメージが苦手だな」

「え――」

真穂にそんなイメージがあるなんて、梨沙のほうが驚いてしまう。それよりも雅人が真穂をそんなふうにこき下ろしたことが、なんだか許せなかった。

「真穂はそんな子じゃないれす！　私の親友なんれすから！」

「うーん、そうかなあ？　梨沙ちゃんも付き合うひとはよく考えたほうがいいよ。感化されることとって実際にあるから」

「か、感化って……」

開いた口が塞がらない。完璧で誠実そうに見えた雅人が、まさかそんなことを言うなんて信じられなかった。

雅人の言葉は続く。

「僕はね、梨沙ちゃん。梨沙ちゃんの純真無垢《むく》なところが好きなんだよ。なんの穢《けが》れも知らず、きれいな場所でまっすぐに生きてきたようなところに好感を持ってるんだ」

雅人は梨沙を見つめながら、ビールのグラスに口を付けた。

しかし、ここで梨沙は何も言えなくなってしまう。酔った頭でも理解できる。雅人は要するに、〝処女〟であるらしい梨沙が気に入っているのだ。

もし自分がその〝処女〟でないと知ったら、雅人は果たしてどんな反応をするだろうか……？

「ま、雅人しゃん……」

ゴクリと唾を飲み、勇気を出そうかと迷う。

けれど先に口を開いたのは雅人のほうだった。

「でも梨沙ちゃん。最近なんだか変わった？」

「え――」

「雰囲気が、少し中村さんに似てきたなって。まあ、いつも中村さんとつるんでいるからだろうね。それにお兄さんも一緒に住んでいるからかもしれないね」

言えない。兄との、禁断の関係は。少なくとも雅人には、死んでも言ってはいけない。

「……そう、かもしれないいれすね」

「それで、うちへ来ることだけど――」

それから雅人は引っ越しについて話を進めていたが、梨沙はほとんど聞いていなかった。こんな雅人のどこが好きで付き合っていたのだろうと、そんなことを考えるようになっていたからだ。

店の会計をしたのは、梨沙のほうだった。雅人も出すと言ってくれたのだが、今回は梨沙が誘ったことで、遅れて迷惑をかけたので、梨沙が全額支払った。

帰りぎわ、駅に着いたところで、雅人が梨沙の手を取った。

「梨沙ちゃん。週末、楽しみにしてるから」

「え?」

急な約束事の存在に、梨沙がパチパチと目を瞬く。

　雅人が苦笑した。

「やだなあ、酔って覚えてないのかい？　週末、うちへ引っ越してくる約束だろう？」

「あ……」

　そこで初めて、梨沙は話がそこまでトントン拍子に進んでしまったことを思い出す。

「そ、そうれすね。準備、しておきます」

　本当はいろんな迷いが頭の中にあった。けれど考え始めると、あまりに複雑なことと酔ったせいもあり、頭痛がしてくるのだ。だから気づけば、そう答えていた。

「それじゃあね、梨沙ちゃん」

「はい。さようなら」

　反対のホームなので、雅人とは駅で別れる。

　雅人のうしろ姿を見送りながら、梨沙は腕時計を見て愕然とした。

「や、やばい！　こんなに遅くなってたなんて⁉」

　篤史はいまごろ、心配してヤキモキしているところだろう。

　梨沙も急いでホームへの階段を駆け上がっていく。

　しかしこのまま上がっていったら、雅人と向かいで鉢合わせすると思い、反対側の電車が発車するまで階段の途中で止まっていた。なぜそんなことをしてしまうのか、梨沙にはやはりわからないのであった。

マンションに着いたのは、午前〇時を過ぎてからのことだった。さすがに篤史は寝ていてくれるかもしれない――という一縷の望みにかけて、そっと鍵を回してドアを開ける。

しかしリビングに入ったところで、パッと電気が点いた。

「ひゃぁあ⁉」

「ひゃあ！　じゃ、ない！　こんな遅くなるなんて聞いてないぜ⁉」

「お、お義兄ちゃんっ」

篤史は眉を怒らせて、梨沙を睨んでいる。

本日謝ってばかりの梨沙は、ここでも必死に謝罪する。

「ご、ごめんなさいっ……残業があって、つい、遅くなってしまったの……！」

すると篤史は、ハアッと大仰に溜息をついて、キッチンに水を汲みにいった。

水の入ったコップを渡され、梨沙はコクコクと飲み干す。

「あ、ありがとう……」

「いいから。さっさと風呂入って、寝ろよ」

「う、うん」

どうやらさすがに疲れていることを悟ってか、今夜は求めてこないらしい。少しばかり残念に思う自分に気づき、梨沙は思わず頭を抱えた。

「梨沙？」

しゃがんで頭を抱える梨沙に、篤史が不思議そうに問う。

梨沙は何も言えない。ただ、このままではいけないことだけはわかっていた。現状から逃げてしまうことこそが最善なのかもしれない。

「お義兄ちゃん……」

「うん」

ようやく口を開き、篤史の顔を見上げる。

篤史の瞳には情欲の色が少しばかり見て取れたが、きっと理性で押し殺しているに違いない。

「私、週末に引っ越すから」

無情な事実を告げ、梨沙は篤史との禁断の関係に別れを告げた。

三章　認められない感情

「それで、篤史さんはなんて？」

もはや定番となった昼休みの屋上で、梨沙はベンチに腰かけながら真穂に話を聞いてもらっていた。

「何も」

「何も!?」

「正しくは、俺も忙しいから週末までは会社に泊まり込みになるから帰らないって」

梨沙が呟くように言うと、真穂は「なるほど」と相槌《あいづち》を打つ。

「つまりこの問題から逃げたってわけね」

「やっぱりそう思う!?」

バッと真穂のほうを振り向くと、彼女は弁当をつつきながらうなずいた。

梨沙は「はあ～っ」と、深い溜息をつく。

「ど、どうしたらいいんだろう……？」

「どうもこうも、篤史さんが家に帰ってこないんなら、どうしようもないんじゃない？」

きっぱりと言う真穂に、梨沙は泣きたくなった。

「そ、そんな～！　冷たいこと言わないでよ～」

「仕方ないわよ。篤史さん、受け入れられないんでしょうね」

篤史には悪いと、梨沙は思っている。

梨沙が受け入れてしまった結果、禁断の関係に発展してしまったのだから、より悪いのは梨沙のほうかもしれない。それを急に拒絶したのだから、篤史が受け入れられないのも当然だろう。

どうしよう、どうしようと梨沙がうめき続けていたら、真穂が苦笑した。

「それにしてもあんたって、相談事がいつも篤史さんのことばかりね」

「えっ!?　それが何かおかしい？」

「しつこいようだけど、あんたの彼氏は山本さんなのよ」

「あ……」

梨沙はその場で固まってしまう。そして雅人に対して思うところがあることが頭をよぎった。

「あのね。一緒に暮らすこと、お義兄ちゃんからの逃げなんじゃないかとも思ってるの」

「いや、その通りでしょ。それ以外になんの意味があるわけ？」

うっと返答に窮する梨沙は、それでも懸命に雅人との同棲に意味を見出そうとする。自分で言い出したことなのに、いざ肯定されるとなぜか否定したくなってしまう。

「で、でも、雅人さんのこと前から憧れてたし、一緒に住めるなんてこんなチャンス滅多にないだろうし、それに……！」

矢継ぎ早の梨沙の言いわけに、真穂は軽く嘆息した。

「〝好き〟だとは、もう言わないんだね」

「え――」

そう言われてみれば、先ほど自分は雅人のことを〝憧れていた〟と言ったと、梨沙は思い出す。しかもさらに追及すれば、それは過去形ではなかっただろうか。

「あああ～！　もう、自分の気持ちがわかんないよ‼」

頭を抱え、梨沙は膝の上に突っ伏してしまう。そのせいで危うく昼食のサンドイッチの残りを潰してしまうところだった。

「梨沙」

気遣わしげに、真穂が言う。

「もしかしてあんた……篤史さんのことが好きなんじゃないの？」

「……っ」

梨沙はバッと顔を上げ、真穂に向かって即ぶんぶんと首を横に振った。

「ま、ま、まさか！　兄だよ⁉　お義兄ちゃんは私の兄なの‼」

「……ふうん、まるで自分に言い聞かせてるみたいね」

「っ‼」

図星を指され、梨沙は困惑する。

真穂の言葉は容赦ない。

「山本さんのことはさ、最初から好きじゃなかったんじゃない？　ほかの女子社員と同じで、憧れてただけでさ。だから勢いで告白もＯＫしちゃったわけで。だって――」

「……だって？」

泣きそうな顔で、梨沙は続きを促した。

「だって、あんたから山本さんへの好きって感情、まったく伝わってこないもん」

的確な指摘に、梨沙はもう何も言えなくなる。ぐちゃぐちゃな自分の感情を整理することもためらわれ、ただひとことこう告げた。

「……もう、遅いの」

「え？」

「何もかも、もう遅いのよ」

「梨沙……」

相変わらず気遣わしげな真穂に、梨沙は空元気に笑う。

「真穂、ありがとう！　でも私は大丈夫！　予定通り雅人さんとは暮らすし、お義兄ちゃんとの関係は断ち切るつもりだから！」

それが唯一の正解だから——と、梨沙は最後にささやいた。

週末の引っ越しの日は瞬く間にやってきた。

篤史が家にいないので、作業はスムーズに進んでいく。まとめていた荷物がぜんぶ業者のトラックに搬入されると、ガランとした寂しげな部屋だけが残った。

篤史との思い出は子供のころから換算すると数え切れないけれど、禁断の関係に陥ってからは、この家こそがすべてだったように思う。

梨沙がひとり、呆然と部屋の前で佇《たたず》んでいると、玄関から呼び声が聞こえてきた。

「これで終わり？」

引っ越しを手伝ってくれた雅人だ。土曜日だから、お互い会社が休みだったのである。

梨沙はハッと我に返り、笑顔で振り向いた。

「はい、終わりです。雅人さんは業者のトラックで向こうの家に行くんですよね？」

「うん。僕が鍵を開けないと、荷物が運べないからね。業者のひとを待たせるわけにいかないし」

ふたり一緒に乗れたらよかったんだけど……と、雅人が申し訳なさそうに言う。

しかし梨沙こそ逆に申し訳なさそうに首を横に振った。

「引っ越し代をケチったのは私のほうですから」

ベッドなど最初からしつらえられていたものは置いていくから、荷物が少ないので小さなトラックしか頼まなかったのだ。トラックはふたり乗りであった。運転席には無論のこと業者のひとが乗る。

「電車で追いかけるので、向こうで待っててください」

「わかった。ゆっくりで大丈夫だから、気をつけてね」

「はい、ありがとうございます」

梨沙が礼を言うと、雅人は先にトラックに乗り込むために出ていく。

残された梨沙は、長いこと迷っていたが、新しい住所を書いた手紙を置いていくことにした。篤史に来てほしいというわけではなく、妹としてそれが常識だと思ったからだ。

手紙は次のようにしたためてあった。

『お義兄ちゃんへ。急に引っ越しを決めて、いまさらだけどごめんなさい。でも私にはほかにどうしたらいいのか、思いつくことができなかったの。お義兄ちゃんはとても大事な兄だから、妹としてこれからもサポートしていければいいと思ってる。いろんな意味でお父さんとお母さんを裏切ることになってしまったけれど、どうか許してください。落ち着いたらまたスマホのほうに連絡を入れるから。お仕事がんばってね。梨沙』

何度も書き直したが、結局文面はこれに落ち着いた。残ってしまうものだから、どうしても表現が抽象的でなければならないことに不安はあったが、篤史にはこれで充分伝わるだろう。

「これで本当にさよならだね、お義兄ちゃん……」

誰もいない部屋で、梨沙はひっそりと呟く。

篤史と暮らした日々が思い出され、胸がキュンと切なくなった。だけどこれはあくまで去る者の哀愁だと、梨沙は懸命に自分に言い聞かせる。

最後に玄関ドアを閉めてからポストに鍵を入れ、梨沙はこれまで自分の心と身体を縛りつけていた高級マンションからついに出ていくことにした。これは新しい出発なのだ——そう信じながら。

雅人のマンションの一室は六階建ての四階にあり、確かに1DKだったが、部屋は十畳、ダイニングは六畳、キッチンは二畳もある広い空間だった。

「うわあ……センスいいんですね」

引っ越し業者に荷物を運んでもらってから改めて室内を見回すと、モノトーンで統一されたシックな部屋にいまさらながら目を奪われる。

「ありがとう。でもこれからは梨沙ちゃんの家でもあるんだから、好きにコーディネートしていいんだよ」

段ボールの山を片づけながら、雅人が微笑んだ。

「コーディネート、ですか……う～ん、私には敷居が高いです」

というのも、梨沙は物にそれほど頓着しない。以前住んでいたアパートも、適当に必要なときに必要なものをそろえていっただけだった。それは篤史も同じで、義理の兄妹なのに、そういうところは似通っている――と、篤史のことはしばらく忘れようと、梨沙は胸中で首を横に振った。

「ははは、謙遜しなくてもいいよ。女の子はそういうの好きだろう？」

「……そう、ですね」

雅人の言葉に、梨沙は曖昧に答える。

雅人は梨沙のことをよく理解していない。理解しようともしていない。そのことに気づいたのは一緒に食事に行ったときだったが、同じ生活をするようになれば自然と齟齬《そご》が埋まっていくものだと、梨沙は前向きに考えるようにしていた。

「雅人さん！　今夜は夕飯、どうしますか？」

だからひとつひとつ段ボールを開きながら、梨沙は明るく声をかける。

雅人は梨沙の変化には気づいていないようで、こちらも明るく返してきた。

「そうだなあ。僕が何か作るよ」

「えっ⁉　引っ越しで疲れてるのに、それはさすがに悪いです！　それに片づけも中途半端で部屋も汚いですし！　どこかにパーッと飲みに行きましょうよ！」

パーッと飲みたいのは、いまの梨沙の気分だ。

けれど雅人は、それにはうなずいてくれなかった。

「いや、せっかくの引っ越し祝いだから。おいしいもの作るって約束するよ。僕、料理の腕前はなかなかのものなんだよ？」

「……そう、ですか。ありがとうございます……」

梨沙は作り笑いを浮かべた。

どうやら雅人という人間は、あまり彼女の意見を尊重してくれるタイプではないらしい。会社では性格も完璧だとして有名だったが、こんなところもあるのだと意外に思った。これぱかりは深く付き合ってみなければわからないだろう。梨沙と雅人が深い付き合い、というのにはいささか語弊があったが。

梨沙は溜息をつきかけ、慌てて呑み込む。

これから一緒に暮らすというのに、最初からテンションを下げているわけにはいかない。とりあえずは居場所を落ち着けなければと、しばらくは荷物整理に勤しんだ。

一通り荷物を片づけたところで、梨沙ははたと気づく。

「あ……雅人さん、私、大事なことを忘れてました！」

「なんだい？」

空いた段ボールを几帳面にビニール紐《ひも》でまとめていた雅人が、小首を傾げた。

梨沙は空間がだいぶ狭くなった部屋を見回し、「寝るところです、寝るところ！」と叫ぶ。マンションのキングサイズベッドはもちろん置いてきたし、いまさら新しいベッドを買いに行っても、届くにはそれなりの時間がかかるだろう。

「どうしよう……」

梨沙が悩んでいると、雅人が段ボールの束を壁に立てかけ、当たり前のように言った。

「そんなこと心配してたの？　ベッドならもうあるじゃない」

そうして指さされたのは、雅人が使用している大きなベッドだ。雅人は身体が縦に大きいからか、フレームは前のものと同じキングサイズだと思われた。

「えっ……!?」

戸惑ったのは梨沙だ。さすがに同じベッドで寝るなんて、想像もしていなかった。篤史とだって一緒に寝たことはないのに——と、また兄を思い出してしまい、梨沙は再び胸中で、今度は激しく首を横に振る。

「いや、いや、いや！　さすがに寝るところは別々にしましょうよ!?　せっかくの広いベッドなのに隙間を取っちゃいますし、何より落ち着きませんって！」

慌てる梨沙だったが、雅人は平然としていた。

「広いベッドなんだから、隙間なんか気にしないでよ。それに恋人同士なら、一緒に寝て当然だろう？」

ニッと口角を上げて意味ありげにウインクされ、梨沙は真っ赤になる。

「や、で、でも、さすがにこればかりは遠慮します‼　私、寝相悪いですから！　今日はソファで寝ますから、私のことは気にしないでください！」

「気にするよ」

雅人が苦笑した。

「そんな全力で拒否されたら、さすがの僕も傷つくなあ」

「あ……」

ごめんなさい……と、梨沙は謝る。雅人は自分の意見は押し通したいタイプなのだ。梨沙がどんなにいやがろうと、これからも決して梨沙を優先してはくれないのだろう。

「いや、謝ることないけどさ。だって一部屋しかないのに、もうひとつベッドを置くなんて非効率で、そもそもそんな幅もないだろう？　現実的に考えてみてよ」

「……そう、でしたね」

梨沙は曖昧に笑い、なんとか受け入れられるよう心を落ち着かせていた。

雅人と一緒に寝ることを渋ったのは、他人だからだ。彼氏だとしても、まともな付き合いをしてきたわけではないから抵抗があったに違いない。でも雅人の言うように恋人同士なのだから、これからはそれに慣れていかなければいけないのは、きっと梨沙のほうなのだ。

「でしょ？　じゃあ、僕は夕飯の買い物に行くけど、梨沙ちゃんはどうする？」

「あっ、私も――あ……片づけが残ってますから、なんとかごはんが食べられるぐらいにはきれいにしておきますね」

「そう言ってくれるのを期待してた」

雅人は笑い、鍵を持って外へ出ていく。

残された梨沙はひとり、ようやく溜息をつけた。

無性に誰かと話したくなって、無為にスマホの電話帳をスクロールさせる。【篤史】のところでしばらく手が止まってしまい、梨沙は混乱した。

（お義兄ちゃんなら、いまの私の気持ちをきっとわかってくれるのに――）

そんな希望的観測は、しかし逆にタップしようとする手を止める。

冷静になって、【真穂】のところで通話ボタンをタップした。

ツーコールののち、真穂が応対する。

「もしもし、真穂？」

『あれ、梨沙？　どうしたの？　今日は引っ越しでしょ？』

真穂は意外な電話に驚いているようだ。

「そうなんだけど、いまちょっとひとりになったから……」

『ひとりって何？　どういうこと？』

「ああ、ううん！　深刻なことじゃなくて！」

真穂が慎重になって聞いてきたから、梨沙は慌てて言い繕った。

「雅人さん、いま夕飯の材料を買いに行ってくれてるの」

『なあんだ、いい彼氏じゃん！』

「……そう、だよね？」

『うん』

真穂に通話越しにうなずかれ、梨沙は緩く微笑む。

「なら、いいの。ありがとう」

『え!?　それだけ？　ちょっと、梨沙——』

真穂の言葉を最後まで聞かずに、梨沙は通話を切った。

頼りの真穂が雅人を〝いい彼氏〟と言うのだから、不満や不安を持つ自分が間違っているのだと、梨沙はなんとか思い直す。

片づけを再開しようと重い腰を上げたところで——片づけられていなかったら、雅人にまた何を言われるかわかったものではなかったからだ――、スマホが着信を告げた。

真穂が心配してかけ直してきたのかと思ったが、相手は【雅人】だ。梨沙は慌てて通話ボタンを押した。

「もしもし？　雅人さん？」

『あ、梨沙ちゃん。ごめん、財布忘れたんだ。いったん家に戻るね』

「はい！　わかりました」

通話が切れ、梨沙はホッと胸を撫で下ろす。これでもう少しだけ片づけの時間が増えたので、乗らない気持ちもなんとか上向かせていけるだろうと思ったからだ。

そのとき、インターホンが鳴った。

梨沙はハッとして顔を上げる。おそらく雅人が鍵を使うのを面倒臭がったのだろう。

急いでオートロックを開けると、ややあって玄関のドアが叩かれた。

「雅人さん、早かったですね――って、え……」

慌ただしくドアを開けたら、目の前には篤史が立っており、肩で息をしている。

「はあ、はあ、あ、梨沙っ」

「お義兄ちゃんっ⁉　な、なんでここに――それより、すぐ雅人さんが帰ってくるから！」

梨沙は慌てて篤史を帰そうと試みた。

けれど篤史は、まるで引き下がろうとしない。

「梨沙！　頼む、帰ってきてほしい！」

「お義兄ちゃん……っ」

梨沙は泣きそうになって、篤史をなんとか拒もうとした。

「お願いよ……そんなこと、言わないで……っ」

とにかく雅人がもう帰ってくるからと、梨沙はとりあえず篤史を部屋に入れる。

篤史が脱いだ靴を持ち、小部屋のようなキッチンに篤史ともども放り込んだ。

すると間もなく玄関が開き、すんでのところで雅人が帰ってくる。

「あれ、僕、鍵かけたよね？」

「お、お帰りなさい！　あの、帰ってくると思って開けておいたんです！」

「そっか」

雅人はたいして疑っていないようだった。

「でも不用心だから、気をつけてね。一瞬で入ってくる悪いやつもいるから」

「……は、はい」

「お！　財布、やっぱりここに置いたままだったよ」

雅人は玄関の収納棚の上の財布を取った。「じゃあ、もう一回買い物に行ってくるね」

と、雅人は再び家を出ていく。

梨沙は篤史の存在がばれなかったことに、ハアッと思い切り深い溜息をついた。

「お義兄ちゃん……出てきて」

キッチンに顔を向けると、篤史が言われた通り奥から気まずそうに出てくる。

「ごめん。いるとは思ったんだけど、いてもたってもいられなくて……」

「一緒に暮らすんだから、いて当たり前でしょ？　だいたい、こんなことのために住所を教えたんじゃないわ」

「じゃあ、置いてくなよ」

ムッとしたのか、篤史が嚙みついてきた。

梨沙はビクリと身をすくませる。

「俺が梨沙のこと、好きってわかってるんだろう？」

「……一時的な気の迷いよ。離れれば、きっと私のことなんか忘れられるわ」

「そんな安易な気持ちじゃない！」

「お、お義兄ちゃんっ、叫ばないで」

近所に聞こえてしまわないかと梨沙がヒヤヒヤすると、篤史がさすがに反省を見せた。

「悪い。でも俺は、もう十年以上梨沙を想ってきたんだ。いまさら気持ちが変わることはない」

「お義兄ちゃん……」

梨沙はすっかり困ってしまい、篤史から逃げるようにリビングに向かう。片づける気もないのに片づけを始め、義兄に出ていくよう促した。

「お願い、今日はもう帰って。私はあと片づけがあるの」

うしろから付いてきた篤史が、ふいに大きなベッドに目を向ける。

「あいつと、あそこで一緒に寝るのか？」

「え？」

梨沙は最初、言われている意味がわからず、篤史を振り返って彼の視線を追った。そこにキングサイズのベッドが鎮座していたものだから、思わず顔を赤くしてしまう。

「そ、そんなわけないでしょ！」

嘘をついたけれど、下手な嘘だ。雅人が言った通り、ここには別のベッドを置く幅などないし、あのベッドであれば、ふたり一緒に眠ることが可能だった。

「梨沙」

篤史の瞳が妖しく光る。

梨沙はドキリとして、一歩身を引いた。

「な、何？」

「山本雅人は、俺と梨沙の関係を知らないままなんだろう？」

図星を指され、梨沙は焦《あせ》った。

「私たちは終わったの！　私はもう引っ越したのよ！　お義兄ちゃんだってあのとき止めなかったじゃない！」

「止めればやめてくれたのか？」

梨沙は悲しくなった。

「やめて……もう、本当にやめてよ……私を縛るのは、やめて……っ」

梨沙がその場でうずくまると、篤史が慌てて傍に来て抱き留める。

「ごめんっ……梨沙、ごめん！　だから泣かないでくれよ、頼むから」

「お義兄ちゃん……っ」

涙が浮かび、次から次へと頬を流れ落ちていく。

抱き寄せる篤史の腕が温かくて、なぜかホッとしてしまうことに、梨沙は罪悪感を覚えていた。

「梨沙、顔を上げて」

「……う、うっ」

泣きながら顔を上げると、篤史が優しく頬にキスして、涙を舐め取ってくれる。

「泣かないで、梨沙」

「お義兄ちゃん、お義兄ちゃん」

篤史が愛おしくて、恋しくて、梨沙は義兄に縋った。

篤史は目尻、額、鼻先にキスしてから、いよいよ梨沙の唇に口づける。

「ん、ぅ」

背徳感が、梨沙の全身を支配した。

自分の彼氏は雅人で、ここは雅人の家なのに、自分は兄と何をしているのだろう。けれど止まらないこの激情は、いったいどこからくるのか――。

篤史は唇をほどくと、優しい眼差しで梨沙を見つめた。

「梨沙が本当に俺を拒むなら、もうこれ以上は求めない。約束する」

「お義兄ちゃん、じゃあ……？」

これが最後のキスだったのだろうか？

梨沙が寂寥《せきりょう》感に駆られていると、篤史は首を横に振って熱い眼差しを向けてきた。

「梨沙はあいつと俺、どちらを選ぶ？」

「何言って……」

「俺を選んで、いますぐ抱かれてほしい」

梨沙は愕然として、篤史を見上げた。

「梨沙……」

『あ、もしもし？　梨沙ちゃん？』

「は、はい……っ」

『悪いんだけど、会社から連絡がきてさ。部下のミスでいますぐ行かなきゃならなくなって……もしかしたら、今夜は帰れないかもしれない』

「そ、そうです、かっ」

『梨沙ちゃん？　なんか声、変だよ？』

「そ、んなこと、ない、です――！」

『そう？　最初の夜に、ひとりにしてごめんね。それじゃあ』

「は、はいっ」

雅人からの通話を切り、梨沙はホッと胸を撫で下ろす。それからキッと篤史を見上げた。

「お義兄ちゃんっ……電話中に触るのは卑怯《ひきょう》よ！」

そう、いま梨沙はベッドの上に仰向けになっており、その上から篤史が覆い被さっているという図である。ふたりとも裸体で、ベッドの周囲には服が脱ぎ散らかされてあった。

篤史は甘い笑みを浮かべた。

「梨沙が俺を選んだんだ。満足させてあげるよ」

「――っ」

選んだというのは語弊があったが、最終的にこうなっている以上、そう捉えられても仕方がないという状況だ。

「で、〝彼氏〟はなんだって？」

わざと〝彼氏〟の部分を強調して、篤史が聞いてきた。

なんだかいたたまれなくなり、梨沙は素直に答えてしまう。

「仕事で今日は帰れないって……」

「よっしゃあ！」

すると篤史が歓声を上げ、梨沙はまた「しい！」と彼を落ち着かせようとした。

「もしかしたらって言ってたから、帰るかもしれないわ」

「だとしても、時間があることは確かだ」

「うっ……」

言葉に詰まるも、篤史はうれしそうだ。

愛撫を再開する彼は、誰よりも何よりも梨沙に触れられることを喜んでいた。

「あ……ぁ……」

「梨沙の肌、柔らかくて好きだ」

篤史の手が、鎖骨を撫で、胸元に下りていく。ふるりと揺れるまろやかな乳房を、彼は愛おしそうに両手で包み込む。

「あ、篤史……ん、ぅ……っ」

ややわやわと甘く揉まれ、梨沙は緩やかな快感を享受していた。

どうして兄に触られているというのに、こんなに感じてしまうのだろう？

梨沙の疑問に、未だ答えは見えてこない。

「ねえ、梨沙。こうやって触れるだけで、もう乳首が固くなってるよ」

篤史の言う通り、彼の手で包まれた乳房の先端が、もうツンと固く飛び出していた。

「やぁ……言わない、でぇ……っ」

恥ずかしすぎて、梨沙は両手で顔を覆ってしまう。

「まるで吸ってほしいって、言ってるみたいだ」

「んん、お義兄ちゃぁん……！　ちが、違うのぉ……！」

ふるふると梨沙は否定に首を振っているのに、篤史は聞き入れてくれない。

「いますぐしごけって、言ってるよ？」

ニヤニヤとした篤史は言いながら、梨沙の乳首に唇を寄せる。そして花の蕾を愛おしそうに口に含んだ。

「は、ぁっ⁉」

瞬間、ビリリと電流が走ったような感覚に襲われる。

全身を甘やかな快感が突き抜け、梨沙を翻弄した。

チュ、プチュッと、音を立てながら、篤史は梨沙の乳頭を口腔内で上下にしごいた。

「んん、はぅ……ぁ……あ、ああ……や、ぁ……っ」

思わず声が漏れ出てしまい、懸命に押し殺そうとするも、篤史の巧みな愛撫がそれを許してはくれない。

篤史は片方の乳房を優しく揉みしだきながら、もう片方の乳首を吸い続けた。

「あ、ぅ……も、もぉ……そ、そんなに、吸っちゃ……や、ぁ……！」

「梨沙……甘いよ……」

胸元にふうっと吐息が吹きかけられ、梨沙はゾクリと身を震わせる。

篤史の愛撫は、回数を重ねるごとにうまくなっていくのだ。

これでいったい、何度目の禁忌な交わりになるのだろう――？

冷静に考えられていた頭は、間もなく思考を停止することになった。

胸を揉んでいた篤史の手が、下へ下へと下がっていったからだ。

「あ！　そ、そこは……っ」

「そこが、なんだって？」

足の間に手を入れられるも、焦《じ》らすように太ももを撫でられる。

「――っ⁉」

わざとからかうような篤史を前に、梨沙は全身を真っ赤にして羞恥に耐えた。

「な、なんでもな……あ、あっ⁉」

さわさわと、その手は擦るように太ももを行ったり来たりする。

あの場所に届くようで届かない絶妙な動きに、梨沙は焦らされてしまう。

「や、あぁ……お義兄ちゃん、意地悪、しないでぇ……っ」

すると篤史が、ククク ッと喉で笑った。

「梨沙も素直になったな」

ようやく篤史の指先が、淡い和毛を越え、ぬかるみに届く。

触られた途端、クチュリと音がしたものだから、梨沙は耳を塞ぎたくなった。

篤史がニヤッと笑う。

「梨沙、もう濡れてるぜ？」

「ううっ……言わない、でぇ……！」

大事な部分がすでに感じていたなんて、篤史の愛撫を待っていたなんて、どうして認められよう。

でも梨沙の身体は間違いなく、篤史によって開花させられたのだった。

真っ赤な顔をくしゃりと歪めている梨沙の頬に、篤史は安心させるようにチュッと口づける。

「意地悪言ってごめん。でも、ついかわいかったから」

「そんな……っ」

篤史は梨沙の気持ちをほぐそうとしてか、唇にもキスをしてきた。

「ん、ぅっ……む、ぅ……うう……ふ、っ……」

柔らかな舌を絡ませ合い、吸い合って、甘美な刺激を互いに享受する。

篤史は自らの唾液を流し込み、梨沙はそれを懸命にコクコクと嚥下《えんげ》した。飲み下しきれなかった唾液が、口角から溢れ、ツウッと頬を伝う。

篤史の唇が、唾液の筋を辿っていく。

その間にも篤史の指先は、梨沙の秘密の花園を暴いていた。

「ふぁあ……あ、や……んんぅ……う、う……っ」

自然と足を開いてしまい、はしたないと思ったけれど、篤史の愛撫をもっともっと感じたいという欲求が抑えきれない。

湿った股間では、篤史の指先がツンと固く飛び出た花芽を刺激していた。

「やぁっ……そ、そこ、すごい、感じちゃうっ……ダメェ……！」

「ダメじゃないよ。もっと感じて？」

篤史は梨沙の下肢に愛撫を集中させる。自らの身体も下に滑らせ、梨沙の足の間に入れると、濡れそぼった秘部に唇を寄せた。ペロリと、花の蕾を舐める。

「ひぁあ!?　やぁっ……そこ、舐めちゃ、やぁっ……！」

ピリ、ピリッとした愉悦が下から脳天まで突き上げていく。

「なんで？　梨沙のここ、俺は好きだな」

クチュリ、クチュリと音を立てながら、篤史は舐めたり吸ったりを繰り返した。

「んんぅっ！　だって、……き、汚い、からぁ……っ」

「梨沙に汚いところなんかないよ」

言いながら、篤史は指を二本、蜜口に埋め込む。そのままグッと奥まで挿入し、ヒクヒクとうごめく膣道で抽挿し始めた。

「んぁあっ⁉　あ、あ、ダメェッ……そんなに、したら、あ、あ、ああっ‼」

肉粒を舐められ、指を挿入され、梨沙はもう忘我の境地だ。

絶頂の予感に苛まれ、必死にその渦に呑まれまいと、クッと膣に力を入れる。

「梨沙、指、締めつけすぎ……そんなに悦いんだね？」

「んん！　あ、ダメ、ダメ、も、もう――っ」

梨沙は快感に屈してしまい、ついに頂上にのぼり詰めた。

ガクン、ガクンと下肢を痙攣させ、ビクビクと身体を揺らした。

「ひ、ぁ……はあ、はあ、はあ……あ、あ……」

快楽の余韻に息を乱していたら、篤史が下から這《は》い上がってくる。

汗にまみれた顔を見合わせると、篤史は笑っていた。

「な、んで……笑顔、なの……？」

ぼうっとした頭で聞いたら、篤史が愛おしそうに梨沙の頬を撫でる。

「そりゃあ、俺の愛撫で梨沙がイッてくれたからだよ」

「私ばっかり……ごめん……」

なんとなく謝ったら、篤史が「うーん」と考え込んだ。

「お義兄ちゃん？」

「別に悪いとは思ってないけど、梨沙にも攻められてみたい、かなあ？」

「ええっ⁉」

意外な願望に、梨沙は驚く。

けれど確かにいままで梨沙が攻められるだけで、篤史には何もしてあげられていないことを思い出し、なんだか申し訳なくなってきた。

「わ、わかった」

「何が？」

キョトンとする篤史に、梨沙は自分の決意を述べる。

「今度はお義兄ちゃんが仰向けになって？」

「えっ」

驚いたのは篤史のほうだったらしい。まさか妹がそんな決心をするとは思っていなかったようだ。

「で、でも――」

珍しくたじろいでいるから、梨沙は思い切って自分から起き上がり、強引に篤史を仰向けに寝かせた。

「あ、梨沙っ」

まだ篤史は戸惑っている。

梨沙は意を決して、篤史の足の間に身体を滑り込ませ、彼の股間を前にした。

そこはやや上向いていたものの、梨沙がいつも見るような状態ではまだない。ここぞ腕の見せどころなのではないかと、梨沙は奮起する。

「篤史お義兄ちゃん……」

兄の名をささやき、肉棒を摑んだ。

ピクリと、篤史が反応する。

それに合わせ、梨沙はまだ柔らかい竿に舌を這わせた。

「あ、あっ」

篤史が感じているのか、小さく声を上げ、身体をビクつかせる。

舐めているうちに、次第に竿が固く、太く、長く伸びていった。その変化に驚きつつも、梨沙は必死に口淫を続ける。

亀頭の膨らみを口に含み、唾液を溜めた口腔内でクチュクチュとしごく。

た。

「そ、それ、気持ちいいっ」

篤史が素直に反応してくれるものだから、梨沙はうれしくなって懸命に舌を這わせ続けた。

するといつの間にか篤史の陰茎は、梨沙が知るあの剛直へと形を取り戻し、赤黒く天を仰いでいたのである。

「くっ」

篤史が息を詰めるのがわかった。

梨沙は必死に舐め、篤史を感じさせようとする。

裏筋に舌をツウッと滑らせたときには、篤史は言いようのない反応を見せた。

「あ、梨沙っ……きて、ほしい。もう、我慢でき、ないっ」

「う、うん」

まだまだ篤史の変化を楽しみたかったけれど、梨沙も我慢できなくなっていたのは同じだった。股間が濡れそぼり、太ももにまで愛液が垂れていたからだ。口淫をしていただけなのに、自分も感じてしまうなんて——と羞恥を覚えたが、繋がりたいという欲がすぐに恥ずかしさなど忘れさせてくれた。

篤史が持参していたコンドームを装着し、準備が整う。

しかし篤史が仰向けで、自分は膝立ちになっており、さてどうしようと思ったところで、篤史によって上に乗るよう促される。

「梨沙が上になってみて？　このまま俺にまたがって、腰を落としてくれればいいから」

「私が、上に……？」

騎乗位の体位に緊張しつつも、興味がないわけではない。

梨沙は思い切って篤史の腰辺りにまたがり、伸びた陰茎に蜜口が当たるよう見定めて、ゆっくりと腰を落としていった。

濡れた秘所に、篤史の情欲の先端が当たる。

「あ……っ」

それだけで感じてしまい、蜜壺からはまたトロリと蜜が溢れ出した。

愛液が垂れ、篤史の熱杭を濡らしていく。

「あ、梨沙……それ、やばい……っ」

「ん、う」

梨沙は紅潮した顔を篤史に向け、彼の反応を心の中で愉しみながら、膣道に固く尖った先端をチュプリと埋め込んだ。

「ふ、ぁあっ‼」

「くぅ――」

梨沙と篤史は互いに声を上げ、新たな体位での交合を鋭く感じ合う。

「あ、お義兄ちゃぁん……！　ん、あ、あああっ‼」

ゆっくりと、本当にゆっくりと腰を落とし、梨沙は媚肉が広げられていく感覚を愉しんだ。この瞬間がセックスの過程では、オーガズムの次に好きかもしれないと、梨沙は密かに思う。膣壁を肉棒が擦る感覚が、どうしようもなく心地よく、気持ちいい。

「あ、あ、梨沙っ、上、やばいっ」

「う、んっ……お義兄ちゃ、ん……大きいっ、深い、よぉ……あ、ああんっ」

ズンッと、すべて入ったところで、互いにハアハアと息を切らせた。

膣内で篤史がピクピクと動き、微細な愉悦を与えてくる。全体重をかけて篤史を受け入れているからか、いつもよりずっと深い気がした。子宮口が悦《よろこ》びにピクピクとうごめいていた。

「梨沙っ……このまま、動ける？」

「ん……やって、みるっ」

言われるまま、梨沙は小刻みに腰を動かし始める。

「あ、ああっ……気持ち、いいっ、あ、んぁっ、はぁっ」

少しだけ腰を浮かし、再び腰を沈めるという行為を繰り返し、互いに快感を享受した。

篤史は梨沙の腰を手で支え、梨沙が前に倒れないようにしてくれている。

グチュ、チュブッと、結合部からは卑猥な音が鳴り、薄暗い室内を淫靡に染めていた。

「あ、んぁっ、ああ、お義兄ちゃぁん……っ、ん、う、あ、ああっ」

「梨沙、いいよ、梨沙っ」

するとと篤史が足を曲げ、下から突き上げてくる。

「ああっ⁉」

一瞬だけ驚いたものの、下からの突き上げに合わせ、梨沙も腰を動かしていく。

パン、パンッと、素肌が打ち合わされる激しいピストン音が鳴った。

「んぁあっ、お義兄ちゃん、お義兄ちゃぁんっ、あ、ああっ、いいっ、や、んぁあっ」

最奥をグイグイ突かれ、梨沙はあまりの快楽から恍惚として涎《よだれ》を垂らす。

下からのほうが突き上げやすいのか、篤史は容赦ない。グッチュン、ズッチュンと、いやらしい水音を立てながら、梨沙を激しく穿った。

「は、ああっ、や、深いよ、ぉ……っ、あ、あんっ、んぁ、ああっ」

軋むマットレスの音が、よりいっそう背徳感を駆り立てる。

ここは雅人のベッドの上なのに、ほかの男とセックスしているという罪悪感が、快感に拍車をかけた。

「梨沙っ……おいで？」

「お、にぃちゃ……っ」

篤史に促されるまま、梨沙は彼の上に倒れ込む。

繋がったままキスをして、指を交差させて手を握り合った。

なんて幸せな瞬間なのだろうと、梨沙は思う。

「梨沙、好きだ……愛してる」

「お義兄ちゃん……」

その愛に応えきれない梨沙だったが、篤史は気にしていないようだった。

「梨沙、また動くよ？」

「う、うん」

篤史は梨沙を抱えた状態で、足を立てて下から突き上げ始める。

「ふ、ぁっ、ああ、それ、気持ちい、いい、っ、あ、んあぁっ」

「梨沙っ、梨沙っ」

熱に浮かされたように妹を呼び、篤史は攻め続けた。

梨沙はもう限界が近づいており、次の瞬間にはギュッと身体をこわばらせる。

「あ、ああっ……お義兄ちゃん、私、も、もうダメ――！」

くうっと息を詰め、梨沙は絶頂から全身を痙攣させた。

それでも篤史が突くのをやめないから、梨沙は激しくオーガズムを感じてしまう。

「あああ！　や、やめっ、ダメェッ、あ、ああっ、やぁ……！」

ガクン、ガクンと身体を揺すり、梨沙の視界は白く弾けた。

「はあ、はあ……」

荒く息をついたところで、ようやく篤史が動きを止めてくれる。

「梨沙……梨沙が俺のでイくの、本当にうれしい」

「お、お義兄ちゃん……」

「もう一回、上になれる？」

「う、うん」

言われた通り、梨沙は身体を起こした。

篤史と手を繋いだまま、梨沙は腰を動かし始める。今度は篤史をイかせるためだ。

一度絶頂にのぼった身体だったが、情けないことにすぐに快楽に順応してしまう。

「んんぅ、あ、ああっ、は、や、あ、んぁあっ、ああ、あ、っ」

「ああ、梨沙、いいよ、いいよっ」

「お義兄ちゃぁんっ」

ズン、ズンと、上から下へ、重力に任せて肉棒をしごく。

達した膣道がヒクヒクとうごめき、篤史の雄を締めつけた。

「くっ……締まるっ」

「ん、ああっ、お義兄ちゃん、お義兄ちゃぁんっ、んぅあ、はあっ、やんっ、んぁあっ」

動きすぎて身体は汗にまみれ、結合部は汗と愛液でもうグチャグチャだ。ヌルヌルと身体を滑らせながらも、梨沙は無我夢中で腰を振っていた。

「あ、梨沙っ……俺も、もう――！」

「ん、イッて、イッて……お義兄ちゃん、私でイッてぇ……‼」

篤史が梨沙の尻肉を掴み、再び下から激しく穿つ。

ガツン、ガツンと先端が子宮口をつつき、あまりの衝撃に梨沙は意識が飛びそうだった。

「あああ、ダメ、これ以上は、私も、またイッちゃ――っ」

「――」

互いにクッと息を詰め、身体をこわばらせる。

瞬間、ビクンビクンと、篤史が欲望を解き放った。白濁がコンドームの中で弾け、中をいっぱいにする。

その刺激が梨沙を再び絶頂に導き、梨沙は虚空に飛ばされた。

「んぅうっ……はあ、はあ、はあ、あっ……」

梨沙は髪を振り乱し、クタリと篤史の上に倒れ込む。

同じくハアハアと息を乱した篤史は、そんな梨沙を下から優しく抱き留めた。

気持ちのいい感触が、梨沙の起床を妨げる。温かくて、柔らかくて、それでいていい匂いがした。なんだかとても懐かしい気がする。そして心地よかった。

「ん……」

顔をすり寄せると、優しく頭を撫でられる。

（頭を撫でられてる——？）

「えっ⁉」

慌てて目を覚ますと、梨沙の真横には篤史の姿があり、彼はうれしそうに梨沙を抱き締めていた。片手では先ほどからであろう、頭を撫でながら髪を梳《と》きやっている。

「お、お、お義兄ちゃんっ⁉」

「梨沙、おはよう」

呑気に挨拶され、梨沙はサアッと青ざめた。

ここは雅人の家で、あろうことかいまは彼のベッドの上なのだ。

「おはよう、じゃないわ！　いま、何時なの⁉」

「まだ五時ぐらいだよ」

「五時……」

一瞬だけホッとするも束の間のこと、梨沙は慌ててベッドの横に落ちていたシャツを裸体の上に羽織った。

「朝一で雅人さんが帰ってくるかもしれないじゃない！　のんびりしてる場合じゃない

わ！」

隣の篤史を激しく揺すると、彼は面倒臭そうに身体を起こす。

「どうしても帰らなきゃダメ？」

「ダメッ‼」

子犬のような濡れた瞳で見つめてくるが、その手には乗るまいと、梨沙は篤史のシャツを見つけ、彼のほうに放り投げた。

篤史は渋々と、服に袖を通す。

「なあ、梨沙」

「何っ⁉」

梨沙が慌てて着替えている中、篤史が真顔になって言った。

「俺、梨沙を待つから」

「え――」

その声に振り返り、梨沙の手は止まる。

篤史はそんな梨沙の手を取り、自らのほうへ引き寄せた。

「梨沙が好きだ。愛してる。それは永遠に変わらないから」

「お義兄ちゃん……」

梨沙は眉を下げ、完全に困惑してしまう。

あの選択肢から篤史を選んだのは、きっと情欲だった。篤史もそう思っているのだろう。けれどそれだけではないことに、梨沙は徐々に気づき始めている。それでもその感情を認めてしまったら、禁断の愛にまっしぐらとなってしまうだろう。誰にも理解されないどころか、理解があるはずの両親だって、ふたりの不埒《ふらち》な関係など許してはくれまい。

「だから俺は待つよ」

篤史は笑う。

けれど梨沙にはいま、謝ることしかできない。

「……お義兄ちゃん、ごめん」

篤史は微笑み、梨沙を抱き締めた。

梨沙は篤史に抱かれながら、こんなに落ち着く場所はほかにはないと改めて思う。果たしてこれが〝恋〟なのか——梨沙はまだ、この感情に名前を付けられないでいた。

「いいんだ。俺は梨沙を急《せ》かすつもりはないから。梨沙の身体だけじゃなく、気持ちが俺に向くまで、ちゃんと待ってるから」

言葉にしなくても、篤史には梨沙の感情がわかっているのだろう。

「——とにかく、まずは着替えなくちゃ」

そうして梨沙が篤史の抱擁を無理に解くと、彼は渋々と着替えを再開した。

「なあ、梨沙」

「何？」

「あいつとやったとしても、俺、気にしないから」

「えっ……」

雅人とのセックスを示唆され、梨沙はその場で固まってしまう。そもそも雅人とそんな関係になるなんて、いまさら考えられなかったが、〝彼女〟である以上、その可能性があることに、遅ればせながら気づいた。

「そ、そんな……そんな、こと――」

「山本雅人と別れる気、ある？」

「……っ」

即時返答できないことが、梨沙の気持ちを如実に物語っている。

篤史は眉を下げ、もの悲しげに笑った。

「俺よりずっとしっかりしてそうだもんな。真面目で、紳士的で。そこは敵わないって思ってるから、梨沙があいつを選んでも仕方ない」

でも……と、篤史が続ける。

「俺より梨沙のことを想ってるとは思わない。俺以上に梨沙を知ってる男もほかにいない」

「お義兄ちゃん……」

気持ちがぐちゃぐちゃで、どうしたらいいかわからない。梨沙はただ切なくて、苦しくて、答えを求めてもがき苦しんでいた。


悩んだときは親友に会うに限ると、梨沙は早朝から真穂にメールを送り、今日時間を取ってくれないかと尋ねた。すると返事は即あり、珍しくも真穂は終日空いているという。なんでも昨夜の合コンで飲みすぎ、二日酔いだから何もせずに家にいたいらしい。

本当はせっかくの日曜日、昨日一緒にいられなかった分、雅人と過ごすのが筋なのだろうが、梨沙にはすべてから逃げることしかできなかった。

すでに篤史が帰り、まだ雅人は帰ってこない。

いましかないと、梨沙は決断する。

だからひとり外出することに決め、メールで雅人に真穂の家に向かう旨を告げた。

おそらく会社に泊まり込みなのだろう、雅人からの返信はなかったが、梨沙は構わずに鍵をかけて家を出る。

それから電車を乗り継いで、真穂の家を目指した。

朝からインターホンを連打したからか、真穂が若干、苛立たしげに迎えに出てきた。

「一回でわかるって――」

「真穂ぉ！」

真穂の姿を見るなり彼女に飛びついたから、真穂は驚いてその場でたたらを踏む。

「もう、梨沙～、今度はいったいどうしたわけ？」

やれやれといった態で、真穂は梨沙を部屋に入れてくれた。

ブランド物に給料の半分をつぎ込むらしい彼女の家は、１Ｋの小さなアパートだ。それもひとり三次会でもやったのか、酒の缶や瓶が転がっており、住む場所としてはゴミ屋敷のようなひどい有様だった。

梨沙はそれをなんとなく片づけながら、さっそく真穂に相談し始める。

「――それで、お義兄ちゃんを選んじゃったの……」

篤史と再び交わってしまった経緯を話すと、真穂がお茶を淹れながらハアッと大きく溜息をついた。

「あんたさあ、それもうダメなんじゃない？」

「えっ⁉　ダ、ダメって⁉」

もうこの状況は八方塞がりなのかと思いきや、真穂はそうじゃないと首を横に振る。

「山本さんとのことよ。さすがにもう別れなさい」

「ええ～!?　そっち!?　お、お義兄ちゃんのことは!?」

　驚く梨沙に、真穂は説教した。

「だから、篤史さんのところに行くために、しっかり山本さんとの関係を清算しなさいって！　このままじゃ、山本さんに不誠実なだけじゃない。篤史さんにも不誠実になるだけで、女として最悪よ！」

「さ、最悪……」

　まさか真穂にそこまで言われてしまうとは。梨沙は反省する。

「それはそうかもしれないけど、どうにもできないんだもん！　この気持ち、真穂ならわかってくれるでしょ!?」

　しかし真穂は「うーん」と唸《うな》るだけだ。

「残念だけど、そんな優柔不断な気持ちばかりはわかってあげられないかな。あたしの場合はサバサバしてるから、面倒なことにはなったことないし」

「そう……」

　シュンとうつむく梨沙に、真穂は畳みかける。

「だいたい、なんで篤史さんのこと好きだって認められないわけ？」

　当然の疑問に、梨沙もまた当然のように答えた。

「それはそうよ！　だって兄だよ!?」

「義兄、でしょ？　血は繋がってないじゃない。何が問題なのさ？」

「そうだけど、子供のころから兄妹として育ってきたんだから！　そう簡単に割り切ることなんてできないよ！」

「なるほどねえ……」

生まれ育った環境を告げたことで、真穂はようやく梨沙の境遇を理解してくれたらしい。

ローテーブルの上にコーヒーのカップをふたつ置きながら、梨沙に座るよう促した。

梨沙はおとなしく真穂の向かいに座り、カップに口を付ける。ほろ苦いコーヒーの味が口腔内に広がり、ぐちゃぐちゃの頭をシャッキリとさせてくれる気がした。

「じゃあ聞くけど、山本さんのことは好きなわけ？」

「そ、そりゃあ好きだよ！　彼氏だもん！」

ムキになる梨沙に、真穂は「そうじゃなくて！」と前置く。

「彼氏とかそういうのは考えないで、ひとりのひととしてどうなのかって聞いてるの！」

「ひとりのひととして……」

梨沙はカップを手に、考え込むように上向いた。

正直、雅人と半日過ごしただけで、梨沙は彼には付いていけないと思っている。雅人は梨沙の気持ちを慮《おもんぱか》ろうとしないし、自分の思い通りにしないと気が済まない性分だ。

しばらく沈黙していたからか、親友の真穂には梨沙の心の中が伝わったようだ。

「ダメじゃん」

クスクスと笑い、真穂がコーヒーを口に含む。

梨沙は笑われたことで、カアッと頬を染めた。

「ダメッて……！　だって、だって雅人さんは――」

言葉にならないほど、雅人には失望している。だからあのとき、篤史の誘いを断れなかったのだ。何かに救いを求めていたから、つい甘えてしまった。

「ふうん。完璧で有名な山本雅人も、梨沙にとってはそうじゃなかったんだねえ」

「完璧な人間なんていないんだなって思ったよ……」

寂しそうに言う梨沙を、真穂が励ます。

「そっか。あんたなりにがんばったんだね……お疲れさま。でもなら、まずやることは決まったじゃない」

「え、何？」

キョトンとする梨沙に、真穂ははっきりと言った。

「山本さんとは、しっかり別れること。一緒に暮らしたてとか引っ越し代がまたかかるとか、そんなことはどうでもいいから、まずはそっちから片づけないと」

「……うん、そうだよね」

気が重いけれど、真穂の言う通りだ。

いい加減、曖昧な雅人との関係は明らかにしなければならない。

「お義兄ちゃん、のことは……？」

縋るように呟いたが、真穂はこれには苦笑するだけで、解決策は教えてくれなかった。

きっと、真穂にもわからなかったに違いない。


夕方になってから、ようやく梨沙は真穂の家を出られた。決して真穂が帰してくれなかったのではなく、梨沙が帰ろうとしなかったからだ。雅人の待つ家に帰るのは、気が重かった。

電車の中でスマホを開くと、そこには朝雅人に送ったメールの返事がきていた。

『僕が帰るまで待っててくれなかったんだね』

おそらく会社で起きて、すぐ送ってきたのだろう。

ひとことだけ、責めるようなその文言に、ますます気が重くなる。

そしてこの時間に至るまで連絡をしなかったから、雅人は確実に怒っているはずだ。そんな雅人に、果たしてきちんと別れを告げることなどできるだろうか。

つい、篤史の待つ前のマンションに帰りたくなってしまう。

でも荷物はすべて雅人の家にあるし、何より雅人との関係を清算していない。何もかも中途半端な状態で、これ以上逃げることははばかられた。

だから梨沙は、意を決して雅人のマンションの最寄り駅で電車を降りたのである。


オートロックを合鍵で解除して、集合玄関ドアを開ける。

あれから気は重くなる一方だったけれど、時間が経ち、わずかな勇気も出てきた。

雅人とは付き合っていけない。それは正直な気持ちだ。篤史との関係はどうであれ、雅人との関係は、真穂のアドバイス通りに清算しなければ——。

そう考えていたら、エレベーターが目的の階に着く。

廊下を一歩一歩踏みしめるように歩き、雅人の部屋のドアに鍵を差し込んだ。ガチャリと音がして、鍵が開かれる。そっとドアを開けると、中は真っ暗だった。

「え……」

一瞬、雅人が不在なのかと思いホッとしてしまう。

しかし次の瞬間、凍りつくような雅人の声が間近に降ってきた。

「遅かったね、梨沙ちゃん」

「ひっ……雅人さん!?」

ドアがバタンと閉められる。雅人の気配をすぐ傍に感じるが、まだやや明るい空の下から帰ってきた梨沙には目が慣れず、暗くてよくわからない。

「ま、雅人さん……どこ……？」

「ここだよ」

雅人にギュッと手を掴まれ、梨沙はビクリと身をすくませる。その力があまりに強くて、恐怖を感じた。

「ま、雅人さん、痛いっ」

「痛いのは、僕の心のほうだよ」

そう言われてしまえば、今回ばかりは勝手なまねをした梨沙のほうが悪い。

「ご、ごめんなさいっ」

だから慌てて謝罪するが、雅人の顔色が未だ窺えないので、許してもらえているのかどうかもわからなかった。

「雅人さん、お願い、電気……あっ⁉」

途端にパッと明るくなり、梨沙は眩しさから反射的に目を閉じる。

ややあって目を開けると、すぐ傍に雅人の姿があった。

「雅人さん……！」

梨沙は愕然としてしまう。

雅人の顔は幽鬼のように青白い。外ではあんなに完璧な仮面を被っているひとが、ここまでおそろしい様相になれるなんて、にわかには信じがたい。

これも休みの日に会社で仕事をしていたせいなのだろうか。それとも梨沙の不誠実な行動を責めているせいなのだろうか。

幽鬼のような雅人が、ニイッと口角を上げた。

「梨沙ちゃん、楽しかったかい？」

「え――」

一瞬なんのことを言われているのか理解できなかったが、すぐに真穂との長い時間のことだと思い至り、慌てて言葉を継ぐ。

「楽しかったですけど、それは親友だからで、それで――いたっ⁉」

手首を握る手に、さらに力が加えられた。

梨沙が顔をしかめていると、雅人はさらに言い寄ってくる。

「親友？　君は兄と親友なの？」

「え⁉　兄って、えっ⁉」

雅人の言葉に戸惑い、梨沙は恐怖に頬を引きつらせた。

「だって、そんな、なんで……っ」

自分でももう何を言っているのかわからない。これでは篤史とここで浮気をしていたと認めているようなものだったが、なぜか雅人はそう思い込んでいるようだ。

「なんで？　僕が気づかないとでも思ったわけ？」

ユラリと、雅人の身体が揺れる。

「僕のベッドに、知らない男の髪の毛が落ちていたよ」

「――――」

梨沙は絶句してしまう。もう、何も言いわけできなかった。

「……なんで、兄の髪の毛だって……」

震える声で言葉を紡いだら、雅人が当然のように説明してくれる。

「僕は普段から観察眼が鋭くてね。一度会ったひとの髪質とか、覚えてしまうたちなんだ。この毛は間違いなく、兄の佐藤篤史さんのものだよね？」

一本の黒い毛を差し出されても、梨沙にはそれが篤史のものかどうかもわからない。

「兄妹で一緒に、ベッドで何をしていたのかな？」

梨沙は何も言えない。言葉が出てこないのだ。

雅人にすべてを見透かされ、動揺するよりも恐怖が勝っていた。

だからまた逃げるように、ひとことだけ呟く。

「雅人さんっ……私と、私と別れてください――！」

意を決した梨沙の言葉が、雅人の奇怪な言動に火をつけることになるとは、梨沙はまだ想像もできなかったのである。

四章　豹変するとき

雅人は掴んだ梨沙の手を離さないままだ。

梨沙は痛みを堪えながら、もう一度言った。

「お願いですっ……別れてください！」

「別れたい？　僕と？」

「はい！」

まるで冗談を聞くみたいに雅人は言うが、梨沙ははっきりと答える。

「雅人さんには付いていけないんです……本当にごめんなさい」

これで雅人とは終わりになる——そう思っていた梨沙だったが、間もなく自分の考えが甘かったことに気づかされた。

「あのね、梨沙ちゃん」

雅人は小さい子供に言い聞かせるように、猫なで声を出す。

「完璧と名高い僕がなんで君みたいな、まったく取り柄のなさそうな普通の子を選んだかわかる？」

「え――」

まさか自分のことをそんなふうに思っていたなんてと、梨沙は愕然とした。

けれど雅人の暴言は続く。

「僕みたいな完璧な人間には、例えば中村さんのような完璧に見える女性のほうがふさわしいとは思わないか？　君みたいにバカでチンケな子じゃなくてね」

梨沙は何も答えられない。

雅人の言わんとすることが予期できなかったからだ。

「僕はね、処女が何より好きなんだよ」

幽鬼のような雅人が、夢見る顔で言う。

「なんの穢れも知らない、まっさらな女性に惹かれてしまうんだ」

「……だから、私だったんですか？」

振り絞るように声を出したら、雅人が大きくうなずいた。

「そうだよ。いろんな女性が言い寄ってくれていたけど、僕はそれを見分けるのが得意でね。とは言っても、下調べはしっかりするんだけどね」

「下調べ……？」

梨沙の疑問に、雅人は夢見るような顔で言う。

「うん。家を調べたり、動向を窺ったりね」

「それって……！」

ストーカー被害に遭っていたことを思い出し、梨沙の背筋がヒヤリとした。

「まさか……雅人さん、私のこと、調べてたんですか⁉」

「当たり前じゃないか」

当然のように、雅人は言った。

「そこで男の匂いがまるでなかった女性――つまり、君を選んだわけだ」

でも……と、雅人が深刻そうに言葉を継ぐ。

「まさか君みたいな普通の子が、実の兄と卑猥なことをする人間だとは思わなかったよ。付き合ってからもよく調べておくんだった」

「実の兄、じゃありません」

雅人の豹変ぶりに付いていけず、梨沙は言いわけすることしかできなかった。

「篤史は、義理の兄なんです」

しかし雅人はそれに対して、「ふうん」としか興味を示さない。

「実だろうと義理だろうと、君が不埒な行動を取ったことに差はないだろう？」

「そう、ですね」

梨沙は認めた。雅人の鋭い観察眼からは逃れられないと思ったのだ。

「でも、だったら、私のことなんてさっさと見捨ててください！」

梨沙がキッと雅人を見据えるが、彼は薄く笑ったままだ。

「君は本当にバカだね、梨沙ちゃん」

「……っ」

返答に窮していると、雅人がおもむろに玄関のドアを開けた。

ようやく解放してくれるのかとホッとしたのも束の間、雅人は梨沙の手を離さずに梨沙を外に連れ出す。

「きゃっ……ま、雅人さん⁉　どこに行くんですか⁉」

「ホテルさ」

「は？」

呆然とする梨沙に、雅人は当然のように言う。

「君が本当に処女じゃなくなったのか、確かめなければならない」

「な……っ」

「本当はいますぐ僕のベッドで確かめたいけど、君たちが汚してくれたおかげで不潔だからね」

「――――」

空いた口が塞がらないが、雅人は構わずグイグイと梨沙を引っ張っていった。

気づけばホテルの一室に連れ込まれ、梨沙は完全に逃げ場を失っていた。

途中、何度も誰かに助けを求めようとしたけれど、そのたびに雅人に「声を上げれば君たちの秘密をばらす」と脅されていたのだ。

他人に内輪の事情などわからないことだと冷静になれば考えられたけれど、いまの梨沙はとても冷静ではいられなかった。

丸いベッドの隅に追い詰められ、小動物のようにカタカタと小さく震え、怯えている。

「梨沙ちゃん？　怖がることは何もないんだよ」

「ま、雅人さ、んっ」

もうちゃんとした言葉にもならなくて、梨沙は泣きそうになった。

しかし雅人は、まったく容赦ない。

「君が自分はまだ処女だと証明できれば、僕は少しも怒ったりするつもりはないんだから」

「……っ」

ヒクリとしゃくり上げるも、雅人は幽鬼——いや、悪鬼のごとき様相だ。

「そ、んなの、どうやって、証明しろって……っ」

「簡単だよ。僕がすることに対して、初めての反応をすればいい」

「え……」

「君が本当はバカじゃないというのなら、できるよね？　僕を悦ばすことが、できるはずだよね？」

「雅人さん……」

そんなことぜったいに無理だ。なぜなら梨沙はもう、純真無垢ではない。だけど、この事態を切り抜けるためには、処女のふりをしなければならないというのか。

「もし、できなかったら……」

震える梨沙を前に、雅人がベッドのマットレスをギシリと軋ませた。

「お仕置きだよ」

ニッと、雅人が不気味に笑う。

「――っ」

梨沙がヒッと声にならない声を上げるも、雅人は距離を詰めてくる。

スマホは雅人の家の玄関先に置き忘れてきたままで、助けを求めることも叶わない。

「さあ、梨沙ちゃん。まずはキスからだ」

「や、め……」

うずくまっているところに覆い被さってこられ、梨沙は涙を浮かべる。けれどその涙を拭き取ってくれる存在は、残念ながらどこにもいなかった。

「んん、ぅっ‼」

強く唇を押しつけられ、梨沙は呻《うめ》く。

強引な雅人の口づけは、嫌悪感しかなくて、思わず吐き気がこみ上げてきた。

「うっ……ん、ぅ……！」

雅人の両肩に手をかけて押し返そうとするけれど、彼はピクリとも動かない。強い力で、梨沙の唇を奪ってきた。

「ねえ、梨沙ちゃん」

ようやく雅人が唇を離して、しゃべれるように少しだけ距離を空ける。

「それじゃあ初めてかわからないよ？　ちゃんと僕のキスを受け入れないと」

「そ、んなっ……無理です、無理ですっ……だから、もう――」

梨沙の頬に涙が伝う。

雅人は眉を下げ、「可哀想に」と梨沙を労った。

「初めてだから、怖いんだね？　何をされるかわからなくて、怖いんだね？」

「ちがっ……！」

懸命にぶんぶんと首を横に振って否定するが、雅人は聞く耳を持っていないようだ。

先ほどと同じ「可哀想に」と呟き、再び梨沙にキスしてくる。

「やめっ……ん、んっ⁉」

「梨沙……口を開くんだ……」

ささやくように命じられるも、梨沙はゾワリと総毛立ってしまう。呼び捨てされたことも一因してか、雅人への嫌悪感が拭えない。

頑なに口を閉ざしていた。

（このひとに私の名前なんか呼んでほしくない――！）

そう叫び出したくてたまらなかった。

（自分の名を呼んでいいのは、呼んでほしいのは、唯一……）

「篤史さん」

「え」

心の中を読まれたかのように、雅人が言う。

「篤史さんはどうやら、梨沙ちゃんをそんなに開発していないようだね」

「な、んで」

梨沙は凍りついたような唇で言葉を振り絞った。

雅人がニヤリと笑う。

「君がバカではないなら、僕の言うことに従っているはずだ。バカだから、僕を拒否するんだね？　その反応は処女だからなんだね？」

「……っ」

いったい雅人が何を言っているのか、自分がどうしたら解放されるのか、まったくわからない。

だからいい加減、正直に告げることにした。

「私とお義兄ちゃんは、セックスしました……！　だから私は、もう処女ではありません！　雅人さんの希望には添えません！」

するると雅人は薄く笑っていた顔を引き締め、訝しげに問うてくる。

「僕にそれを言ったらどうなるか、わからないほど君はバカなのか？」

「え――」

「梨沙」

グイッと、手首を無理やり掴まれ、ベッドの上に引き倒された。

「きゃぁあっ⁉」

「久しぶりに頭にきた。僕のものになれ」

見下ろす雅人の顔が薄暗いライトに照らされ、酷く歪んで見える。涙が滲んだ目で見ているからそう見えるのか、本当に歪んでいるのか、梨沙にはもう判断がつかなかった。

「まさ――ん、んんぅっ⁉」

強引に上から唇を奪われ、こじ開けられ、舌で無理に口腔内を暴かれる。

「や、め……あ、あぅっ……は、ぁ……っ」

ぬめった舌先をねじ込まれ、口の中をしっちゃかめっちゃかにかき回された。

気持ちが悪くて、つらくて、やめてほしくて、梨沙は涙を流す。

でも雅人の押さえつける力に勝てず、されるがままとなってしまっていた。

「おとなしくしていれば痛くはしない」

「――っ」

そう前置かれ、梨沙はビクリと身をすくませる。

それは梨沙がもし抵抗すれば、何をするかわからないということだ。だとしても、抵抗しない理由にはならなかった。

「や、だっ」

顔を逸らし、雅人の身体を押しのける。

けれどそれが雅人の気に障ったのか、彼は梨沙のブラウスを強引に引きちぎった。

ビリリと布が引き裂かれる音がして、梨沙はサアッと青ざめる。

「ひっ……」

「おとなしくしろと言ったはずだ」

もう梨沙が知る雅人はいない。

いや、最初から梨沙は雅人のことを何ひとつ知らなかったに違いない。知っていたのは、すべて虚構の彼の姿だったのだ。

悪鬼のような雅人は、小刻みに震える梨沙を足で押さえつけたまま、器用に自分の上着を脱ぎ捨てた。

上半身裸になったところで、改めて梨沙に覆い被さってくる。

「や、ぁ……っ」

ボロボロと涙を零《こぼ》すけれど、雅人は気にも留めない。

梨沙自身にはまったく構わずに、梨沙の身体を貪ることに熱中している。

「ひ、ぃっ」

首筋をツウッと舐められ、ゾワリと毛が逆立つ。

「ああ、汗の味がする……だいぶ抵抗していたもんね」

口調は優しい雅人のそれだったが、彼はもう別の何かに変貌していた。

「や、め、っ……っく、ぅ……」

両目は涙でいっぱいで、前が見えない。

雅人の愛撫は篤史とまるで違う。方法が違うのではない。根本から感じる何かが異なっているのだ。

梨沙はここで初めて、自分が篤史を男として見ていたことに気づいた。

「お、にぃちゃ……っ」

「好きな男を呼ばれると、僕は燃えるたちなんだ」

そう、梨沙は篤史が男として好きだったのだ。

それは梨沙の初恋だったが、ようやく気づけた初恋はここで散らされる――。

「お義兄ちゃん、お義兄ちゃんっ」

「はっはっは、そう言い続けていたけど、結局快楽に負けた女は大勢いたよ」

雅人の高笑いに、梨沙は全身を青くした。

「なっ……いま、なんて……」

「言っただろう？　僕は処女が好きなんだ。いままで処女ばかりを狙ってきたし、これからもそのつもりだ」

「――――」

梨沙は言葉を失う。

雅人は完全な犯罪者だった。

付き合うことにかこつけて、処女を食らう変態だった。

そんな男に自分がこれから犯されるなんて――考えれば考えるほど、梨沙の胸は苦しくなる。

「犯罪者だとでも思っているのかい？　残念ながら、僕はきちんと交際を申し込んだ上で性交しているから、結局は皆泣き寝入りしていたよ」

「……これは、違う」

「なんだい？」

「これは、いま雅人さんがしようとしていることは、立派な犯罪だわ」

梨沙は敬語も忘れて、雅人に嚙みついた。

しかし雅人は、歯牙にもかけない。

「だからなんだって言うんだ？　訴えるかい？　そのころ君は二度目の処女を失ったばかりだろうけどな。あっはっはっはっはっ‼」

「狂ってる……！」

ギリリと歯ぎしりするけれど、雅人はそんな梨沙の反応ひとつにも愉しんでいる節がある。

「なんとでも言いなよ。君は僕に犯されるんだ。篤史さんがさぞや悔しがるだろうね」

「くっ……」

篤史のことを考えると、梨沙は申し訳なさでいっぱいになった。

心の中で篤史の名前を呼び続けるが、彼がここに現れるはずがない。

「さあ、いつまでも引き延ばしていないで、続けるからね？」

「っ⁉　い、ゃっ」

チュッと、雅人が梨沙の浮き出た鎖骨に口づけた。

ゾクリと、梨沙の背筋が嫌悪に震える。

雅人はそのまま舌を下に滑らせ、露わになっていたブラジャーを歯で引き下げた。

「ひ、ぃっ」

白くまろやかな乳房がふるりと現れ、梨沙は恐怖に身をすくませる。

「ああ、きれいだ……これが処女だったら、もっとよかったんだがな」

「じゃあ、もう、諦め、てっ」

涙目で押さえつけられている手首を揺するが、雅人がさらに力を込めた。

梨沙の手首は、連れてこられたときからを含め、すでに青痣《あざ》が浮いてしまっている。

「諦める？　君は本当にバカな子だ……だが、そこがいい」

「や、ぁ……っ」

ペロリと、唐突に乳房を舐められた。

鳥肌が立ち、ゾワゾワと毛という毛が逆立つ。

「やめ、やめてっ……も、やめっ――痛っ⁉」

まるで黙れというかのように、グイッと乳房を強く摑まれた。

「痛いよぉ……怖い、や、だ……お義兄ちゃん、お義兄ちゃんっ」

梨沙が喚《わめ》けば喚くほど、雅人は悦ぶ。

「何度でもほかの男を呼ぶといいよ。僕はそれがたまらなく感じるんだ」

「変態っ、変態‼」

梨沙が暴言を投げつけるも、雅人は笑うだけだ。

暴れる梨沙を押さえつけながら、雅人は梨沙の乳房をまさぐった。

「ひぁあっ……やだぁ……あ、あっ」

「やだと言いながら、感じているんじゃないか？」

「そんなこと、な、い……！」

キッと梨沙が睨む。

雅人がククックッと喉で笑った。

「どうかな？」

言いながら、雅人が片手を梨沙の足の間に滑り込ませる。

「っ⁉　や、ぁっ⁉」

スカートをまくり上げ、下着を露出させた。

「や、めっ、そこは、そこだけは、ダメェッ‼」

「感じているかどうか、僕が確かめてあげるよ」

雅人の手が、梨沙の下着のクロッチに届く。

布越しに秘所に触れられ、ゾクッと梨沙は恐怖に震えた。

しかしそこは、雅人の思い通りにはならなかったらしい。間もなく彼の眉間にしわが刻まれる。

「――なんだと？」

「ひっ……く、ぅっ……く、やめ、やめ……っ」

どんなに撫でさすっても、梨沙の秘部は濡れていなかった。だから下着のクロッチは、何度雅人が指を往復させても湿ることがなかったのである。

「くっ」

雅人がイライラと言った。

「なぜ少しも濡れない？　不感症か？」

「……っ」

梨沙は何も言い返さない。

なぜなら篤史との行為のときは太ももに伝うほど濡れることを、自分がよく知っていたからだ。

梨沙は決して不感症ではない。

ただ雅人の愛撫に感じていないだけだった。

だからこそここで、より篤史の存在を強く意識する。

（篤史が好き。篤史を愛している。篤史の元に帰りたい――！）

「今度はだんまりか。さっきから、いやいや叫んでいたくせに」

チッと、雅人が顔に似合わず舌打ちした。

しかし間もなく悪鬼に戻り、梨沙は恐怖と戦うことになる。

「なら、いい。痛いだろうが、無理やり犯すまでだ」

「なっ――」

言葉が出ない。

雅人は何がなんでも、梨沙を自分のものにしなければ気が済まないらしい。

「そんなこと、やめっ……雅人さん、お願い……！」

涙目で懇願するけれど、雅人は薄ら笑いを浮かべるだけだ。

ヘラヘラと笑いながら、ズボンをくつろげ始めた。

「いや……!!」

雅人が下肢を露出させ、梨沙に迫ってくる。

目を覆いたくなるような光景に、梨沙は戦慄した。

「や…………」

（お義兄ちゃん、助けて――！）

堪えきれない涙が、梨沙の頬を伝っていく。

そのとき、ドンドン！　と、部屋のドアが外側から叩かれた。

ふたりはギョッとして、顔を上げる。

「なんだ？」

　雅人が挙動不審になった。

　ここは繁華街にあるラブホテルの一室だから、酔っ払いか冷やかし客でもいるのだろうか。

「ま、さと、さん……様子を見たほうが──」

「黙れ！　逃げる気だろう⁉」

「ちがっ」

　ヒッと首をすくめ、雅人の叱責に耐える。

　雅人が構わず腰を進めようとしたところで、ドアが外側から開かれた。

　ドッと、制服姿の警察官たちが部屋に踏み込んでくる。

「山本雅人！　強制性交現行犯の疑いで逮捕するっ‼」

　梨沙も、また雅人も何がなんだかわからないのだろう、唖然《あぜん》として、そのさまを見ていることしかできなかった。

「な──」

　言葉にならない梨沙や雅人の代わりに、警察官たちのうしろから飛び込んできた人物が叫ぶ。

「梨沙っ⁉」

「お義兄ちゃんっ!?」

転がり込むようにして、篤史が部屋の中に入ってきた。必死の形相で梨沙の元に向かう。雅人が警察官たちに取り押さえられ、自由になったところで、梨沙が身体を起こした。けれど先ほどまでの恐怖心からかまったく力が入らず、ベッドから動くことができない。

「梨沙、梨沙……！　大丈夫か!?」

「お義兄ちゃん、お義兄ちゃぁんっ」

篤史がベッドに乗り、あられもない姿の梨沙に布団を羽織らせ抱き締めた。

凍るようだった身体が柔らかな温もりに包まれ、梨沙は心から安堵する思いだった。

梨沙は篤史に縋りつき、抱き締め返す。涙が次から次へと溢れ出した。

そんな涙目の梨沙の瞳に、親友が映り込む。

なぜか真穂がここにいて、玄関前でスーツを着た刑事と話し込んでいた。

「ま、真穂っ!?」

抱擁を解き、梨沙は真穂に向けて手を伸ばす。

真穂が気づいて、刑事に頭を下げると、慌てたようにベッドに駆けつけた。

「梨沙っ……無事なの？　遅くなってごめんね！」

「真穂がなんで――」

言いかけたとき、警察官に手錠をかけられて身柄を拘束された雅人の奇声が遮る。

「僕は何もしていないぞ！　あの女は処女じゃない！　あの女が悪いんだ‼」

しかし警察官たちは刑事に命じられ、黙って雅人を連行していった。

雅人がドアの向こうに消えたところで、老年の刑事が梨沙の元に来る。

「君が佐藤梨沙さんだね？」

「は、はい」

「山本雅人は前々からマークしていてね、今回君のお兄さんの通報で警察が動いたんだ」

「お義兄ちゃんの——？」

梨沙が篤史のほうを見ると、彼は重々しくうなずいた。

「実は俺、梨沙が心配でずっと動向を窺ってて……」

「刑事さん、こっちが本当の変態です」

真穂が口を挟む。

「っていうのは冗談だけど、ラブホテルに梨沙が無理やり連れ込まれるところを見てた篤史さんが、あたしに連絡してきたのよ。で、慌てて駆けつけたってわけ」

「お兄さんからだいたいの事情は聞いたよ」

老年の刑事が言った。どうやら雅人から暴行を受けたという多くの女性たちから被害届が出されていたのだが、決定的な証拠が摑めずに警察は動けないでいたらしい。

「山本雅人は何人もの女性たちにストーカー紛《まが》いのことをし続け、挙げ句に暴行に及んでいたとされている」

そこに篤史の通報があり、いまなら現行犯で捕まえられると梨沙を助けに来たようだ。

「そんな……でも、助けてくれて本当にありがとうございます。ストーカー気質のお義兄ちゃんはともかく、真穂も一緒に来てくれるなんて……」

梨沙は涙を浮かべ、ポロポロと零した。

篤史がさり気なく「確かに俺はストーカーだけど！」と呟いてから、刑事の前で梨沙に事実を確かめる。

「……なあ、梨沙。大丈夫だったのか？」

それが何を指しているかに思い当たり、梨沙は涙を流しながらもコクコクとうなずいてみせた。確かに危うかったけれど、未遂で済んだことは間違いない。

梨沙の態度に、篤史と真穂はそろって大きく息をつく。

刑事はわずかに微笑むも、深刻そうな顔は崩さない。

「その格好は――山本雅人のせいかね？」

「……はい」

梨沙は服を破かれた状態だったので、そこは認めざるを得なかった。

本当はキスされたことも何もかも、好きな男――篤史には知られたくなかったけれど、この格好では説得力がない。挿入されなかっただけマシだったと、そう思うことがせいぜいだった。

「落ち着いたらで構わないから、あとで署のほうに来てほしい」

「……はい、わかりました」

梨沙が前をかき合わせながらうなずくと、篤史が横から肩を抱く。

「妹を落ち着かせたら俺が連れていきますから、大丈夫です」

「そうか。じゃあ、宜しく頼むよ」

そう言って、刑事もまた先に部屋から出ていった。

残された三人は、互いに顔を見合わせて安堵の溜息をつく。

「よかったぁ……それでも最終局面でなんとか間に合ったのね」

真穂の言葉に、梨沙は微笑んでうなずいた。

「ありがとう。スマホもなかったから、誰の助けも期待してなかったの。だからこんなこと、少しも予想してなくて……」

ポロリと、涙が一筋また頬を伝う。

その涙を、篤史が指先で拭ってくれた。

「俺が梨沙のストーカーで本当によかったぜ」

「……あなたも逮捕されるかもしれなかったけどね」

「ま、真穂さ～んっ」

慌てる篤史がおかしくて、梨沙は泣きながらクスクスと笑う。

「真穂もありがとう。まさか真穂も来てくれるなんて思わなかったから……」

「何言ってるの。親友のあんたのためだもん」

真穂の笑みに、梨沙も懸命に笑って応えた。けれどふと気づき、篤史を見上げる。

「そう言えばお義兄ちゃん、なんで真穂の連絡先知ってるの？」

当然の疑問に、篤史が「うっ」と言葉を詰まらせた。

「――あ、梨沙のスマホを見たことがあって……」

「完全なストーカーね」

真穂がバッサリと切り捨てる。

梨沙はおかしくて、久しぶりに「あははっ」と笑えたのだった。


あとはふたりに任せると言った真穂といったん別れ、梨沙と篤史は着替えのためにまずは港区青山のタワーマンションに帰ることにした。途中、雅人のマンションに寄り、スマホの入った鞄と簡単な荷物を回収する。マンションはすでに警察官の手によって解放されており、家宅捜索が始まっていた。

これで終わったんだと思うと、呆気ないようでちょっとした罪悪感を抱いてしまう。

「泣き寝入りしてたひとたちのためにもなったんだから、梨沙がそんなふうに思うことない」

篤史はそう言って、梨沙を慰めた。

タワーマンションはたった二日ぶりなのに、なんだかとても懐かしい気がする。

「ここに帰ってこられてよかった……」

梨沙が安堵の息をつくと、篤史が眉を下げて笑った。

「お帰り、梨沙」

「ただいま、お義兄ちゃん」

ふたりは目を合わせ、その場で抱き合う。

「助けてくれて、本当にありがとう」

「梨沙が心配だったんだ……ストーカーみたいなことして、ごめん」

梨沙は篤史の腕の中で首を横に振った。

「ううん、そのおかげで取り返しがつかないことにならなかったんだもの。感謝しかないわ」

「そう言ってくれると救われる……」

クスクスと、梨沙は笑う。

「でもね、あんなことになって気づいたこともあったの」

「気づいたこと？」

「うん」

梨沙は抱擁を解き、篤史の顔を見上げた。

篤史は何を言われるのかと、若干不安そうな表情をしている。

「あのね、お義兄ちゃん」

「う、うん」

「私、お義兄ちゃんのことが好き」

「えっ……」

篤史の顔が、驚きのあまりこわばった。

梨沙はそんな篤史の頬に手を伸ばし、優しく包み込む。

「お義兄ちゃんを愛してるの」

「り、さ……」

篤史の瞳に涙が浮かび、ポロリと一筋零れた。篤史は梨沙の手に自分の手を重ね、男泣きをしてしまう。

「うれしい……梨沙、俺、うれしいよ……」

「うん、うん」

梨沙ももらい泣きして、ふたりで涙を流し合った。

「私の初恋が、あなたでよかった……お義兄ちゃん。私のすべて、最初があなたで――」

「梨沙……！」

たまらないといった感じで、篤史が梨沙に口づける。

梨沙はそれを受け、懸命に篤史の唇を感じようとした。

ややあって唇をほどき、篤史が梨沙の目をジッと見つめる。

「梨沙、俺も梨沙が好きだ。愛してる」

「うん、うれしい」

「梨沙――」

ふたりはもう一度キスして、愛を確かめ合った。

「お、にぃ……ん、ぅ……っ」

「梨沙、梨沙」

篤史は梨沙を呼びながら、チュ、チュッと唇をついばむ。

けれどすぐに気づいたように、篤史から唇を離した。

「お義兄ちゃん……？」

ぼうっとした頭で問うと、篤史はばつが悪そうに呟く。

「これから警察署に行かなきゃなのに、こんなことしてる場合じゃなかったよな」

篤史は言うなり、背中を向けて梨沙の着替えを用意し始めた。

そんな義兄のうしろ姿を前に、梨沙は抱きついてしまう。

「り、梨沙？」

いつもの妹の反応と違うと、ギョッとしてうしろを振り返る篤史に、梨沙は頭を擦りつけた。

「……お義兄ちゃん、消毒して」

「え？」

「雅人さんに触られたところ、ぜんぶ消毒してほしい」

「梨沙……」

篤史は眉を下げ、身体を反転させると、梨沙を再び抱き締める。

「つらかったな、梨沙。もう大丈夫だから。俺が傍についてるから」

「うん、うん……っ」

篤史は梨沙を横抱きにかかえ、自分の部屋へと運んでいった。ベッドの上に優しく下ろして、仰向けの梨沙に覆い被さる。

「いいの？　梨沙。俺、今日は本気で抱くよ」

真顔の篤史に、梨沙はうなずいた。

「抱いて、お義兄ちゃん。今度は、恋人として」

「――わかった」

篤史もうなずき、ふたりは恋人としての初めての行為に同調し合う。

篤史は梨沙の耳殻に舌を走らせ、ふうっと息を吹きかけた。

「あ……」

それだけでゾクゾクと感じてしまい、梨沙が甘い声を上げる。

「梨沙の感じてる声、好き。もっと出して」

篤史の要求に、梨沙はもっと応えたくなった。

篤史は、今度は梨沙の首筋に顔をうずめ、素肌をツウッと舐め上げていく。

「ひ、ぁ……っ、ん、ぅ……ぁ……」

雅人とはまるで違う愛撫の感覚に、梨沙はもうとろけてしまいそうだ。

「服、脱がせるよ？　こんなにされて……」

篤史が悲しそうに眉を下げ、梨沙の上着と破れたブラウスを丁寧に脱がしていく。

梨沙は素直に従い、生まれたままの姿になった。

改めて仰向けに寝そべる梨沙を前に、篤史もまた己がまとっていた衣服をすべて脱ぎ捨てる。

互いに裸体となり、じかに体温を感じ合った。

「お義兄ちゃん、あったかい……」

「梨沙も」

「このままで、ずっといたいね」

「そうだな」

チュッと、篤史が梨沙の頬に口づける。

そのくすぐったさに、梨沙はクスクスと笑った。

「梨沙、好きだ……愛してる」

真剣な眼差しで、篤史が唇を重ねてくる。

「んぅ……ふ、ぁ……ん……っ」

唾液を溜めた口腔内で舌を絡ませ合い、快楽を貪り合った。

「梨沙、梨沙」

「あ、あっ……は、ぅ……ん、ぅ……あ、つし……っ」

夢中で口を吸い合う中、篤史の手が乳房に伸びる。

ピクンと、梨沙が腰を跳ねさせた。

「んんぅ……あ、う……ぁ……んんっ……ふ、ぅ……」

篤史の厚い手が、梨沙の乳房を優しく押し回す。

それだけで下肢が震え、梨沙は大きく喘いだ。

「梨沙……」

言いながら、篤史は身体を下にずらしていく。

首筋、鎖骨、胸元とキスを散らし、梨沙の性感帯を開花させた。

「ふぅっ……ん、ぁ……お義兄ちゃぁん……あ、あんっ……ぅ……」

「梨沙の胸も好きだ。大きくて、柔らかくて、反応がよくて」

「んんっ！」

乳首に篤史の舌先が当たり、梨沙の背筋にピリリと電流に似た痺れが走る。

篤史は乳輪ごと乳首を口に含み、唾液を溜めた口腔内でクチュクチュとしごいた。

「ふぁあっ、ん、あっ……やぁっ……はんっ、う、あ……っ」

もう片方の乳房は揉みしだかれ、梨沙はそれだけでもう恍惚としてしまう。

やはり篤史に触られることは、誰よりも心地がいい。好きなひとに触れられることがこんなに気持ちいいなんて、雅人のことがなかったら気づかなかっただろう。

そんなことを考えていたら、ふと、篤史の股間が太ももに当たっていることに気づいた。

そこはすでに固くて、大きく存在を主張している。

「お、義兄ちゃん……私の胸、好きなの？」

「もちろん。梨沙の胸以上に好きなものがないぐらいだよ」

苦笑する篤史を呼び、梨沙は彼の股間に手を伸ばした。

すると篤史が「うっ」と呻く。

「ねえ、私の胸でしてあげる」

「え……で、でもっ」

動揺する篤史の身体を上に引っ張り上げ、股間が胸元にくるようにした。そんな積極的な自分に驚くも、梨沙は篤史に何かしてあげたい思いでいっぱいだった。

篤史の肉棒は期待に震え、ドクドクと脈打ちながら天を仰いでいる。

梨沙は両の乳房で剛直を挟み込み、上下に揺すってみた。

「うっ……梨沙、それ、やばいっ」

「ん、う」

なぜか梨沙も興奮してきて、頬を紅潮させる。

ゴシゴシと竿をしごいていると、鈴口から透明な液が滲み出てきた。乳房が揺れるごとに先走りの液が肌になじみ、滑りをよくしていく。

「り、さ……」

腕を立てて快感を堪える篤史に、もっと感じてもらいたいと、梨沙は顔を上げた。それから亀頭を口に含み、クチュクチュと吸ってみる。

手では乳房で竿を、口では亀頭を刺激して、篤史を絶頂に導いた。

「梨沙っ……やばい、もう――！」

「いいよ、お義兄ちゃん。イッて？　私ので、イッてほしい」

「くっ……！」

篤史が息を詰め、自らも腰を振り始める。

リズムに合わせ、梨沙も乳房で股間を擦り、先端を舐め続けた。

やがて篤史の額に玉の汗が浮かび、ぽつりと梨沙の顔に落ちてくる。

「イく――っ‼」

瞬間、篤史の欲望が爆ぜた。

梨沙の口の中に、ドクドクと白濁がまき散らされる。

「んく、ううっ」

梨沙はそれを懸命に嚥下するが、飲み下しきれなかった精子が口角から零れ出た。

ハアハアと荒い息をついていると、篤史が梨沙の頭を愛おしそうに撫でてくる。

「梨沙、ありがとう」

「ううん」

梨沙は首を横に振り、篤史に笑顔を向けた。

「いつも尽くしてもらってるんだもん。たまには役に立ちたいわ」

「尽くしたいんだよ、俺は梨沙に」

篤史がニヤッと笑う。

それから身体を改めて下にずらすと、梨沙の足をM字に抱え上げた。

「ひぁあっ⁉」

こんな体勢、恥ずかしい――――！　と言う前に、梨沙の股間に篤史が吸いつく。

「ひぁ、あっ……ダメェッ……そこ、はっ……ああんっ」

篤史は舌を使い、すでに濡れそぼっていた秘部をペロペロと舐めた。

「梨沙、こんなに濡らして……俺がほしいんだね」

「んぁっ……そ、んなこと、言っちゃ、いやぁ……ああっ」

外陰部を両手で広げ、篤史は花芽を探り当てる。ツンと固く突き出たそこを、篤史が歯でカリッと甘噛みした。

「やぁあんっ‼」

あまりの刺激に、梨沙の腰が浮いてしまう。ピリッとした疼痛《とうつう》が身体中に広がり、手足がピクピクと痙攣する。

「あ、お義兄ちゃん、それ、ダメッ、あ、ああっ！」

「これが好きなんだね」

そう言葉を紡ぐ篤史の吐息にさえ感じてしまい、梨沙は腰砕けになった。

篤史はチュウチュウと、肉の蕾を吸い続ける。

すると蜜口からは、とろとろと愛液が湧き出してくるのであった。蜜がシーツまで濡らし、丸く円を描いている。

「んんぅっ、あ、はぁんっ……や、やめっ……ダメェ……！」

「梨沙、イッていいんだよ。俺の愛撫で、イッてほしい」

「ん、はっ、ああっ……そんなにしたら、んんぅっ、あ、あんっ」

クチュリ、クチュリと唾液の音を立てながら、篤史が秘所を攻め立てた。

指先を膣口にうずめ、二本をいっきに挿入していく。

「あああっ！　ダメエ、それ以上はぁっ……ダメエ、ダメエッ！」

ただでさえいっぱいいっぱいだというのに、これ以上の刺激には耐えられそうにない。

けれど篤史は容赦なかった。淫芽を舐めながら、蜜孔で抽挿を始める。

「あああんっ、やぁあ、そ、んなっ……激しいっ、あ、あああんっ」

「梨沙っ、イけ！」

「んんぅ――‼」

くっと息を詰め、梨沙は絶頂の予感に備えた。

瞬間、視界が白く弾け、全身がビクン、ビクンと痙攣する。

「はぁ、あ、あああ……っ」

秘部からは蜜が飛び散り、篤史の顔をいやらしく濡らしていた。

ハアハアと肩で息をして快感の余韻に浸っていると、篤史が膝立ちになる。

「梨沙、うしろ向ける？」

「うしろ……？　う、うん」

言われた通り、梨沙はうしろを向き、四つん這いの体勢をした。

篤史が梨沙の腰を掴み、熱く滾《たぎ》った肉棒を近づけてきた。

「えっ、も、もう……っ⁉」

戸惑う梨沙に、篤史はニヤリと笑う。

「梨沙のここ、すごい濡れてるから気持ちよさそうで」

「えっ……は、ぁっ‼」

ズルリと、篤史が陰茎を差し込んできた。けれどそれは蜜の垂れた秘孔にではなく、濡れそぼった外陰部の間に埋もれる形となる。

素股で、篤史は腰を揺すり始めた。

「あ、梨沙、これも、すっごくいい……っ」

「あんっ……あ、ぁ……篤史ぃ、それ、あそこに、当たる……っ」

押しては引くを繰り返す篤史の亀頭の先が、梨沙の尖った花芽をつつく。そのたびに蜜壺からは愛液が溢れ、行き来する篤史の剛直を濡らした。

「は、ぁ……っ、お義兄ちゃん、あ、あ、気持ちい、い、あ、んんぅっ」

ズチュ、ヌチュと、淫らな水音が響く。

篤史は梨沙の臀部を押し開き、夢中になって腰を振った。

梨沙が顔を下に向けると、篤史の先端が自分の股を行き来する様子がはっきりと見える。

恥ずかしくなったけれど、同時に異常な興奮が湧き上がり、より快楽が増す気がした。

「あ、んんっ……は、ぁ……やんっ、うう、ぁ……ああっ」

篤史の抽挿が、次第に速くなっていく。

「く、ぅ、梨沙っ……これだけで、また、イきそうだ……っ」

「う、んっ、うん、いいよ、きて、きてっ」

コンドームをしないで済む行為の数々に、梨沙と篤史はふたりとも熱中していた。

「あ……くぅ――――!」

篤史が息を詰め、ぐっと背筋を丸める。梨沙の背中に倒れ込むように、彼はビュクビュクとその場で吐精した。

下を向いていた梨沙の顔に、篤史の精液が飛び散る。

「ひ、ぁっ」

ふたりしてドッとその場でベッドの上に倒れ込んだ。

グッタリ身体を弛緩させて、ハアハアと息をしながら互いに見つめ合う。

「梨沙……梨沙はマジで最高だ」

「お義兄ちゃんも最高だよ」

手を握り合い、甘く唇を重ねた。

チュ、クチュッと、舌を絡ませ、再び互いの熱を上げていく。

篤史は梨沙を仰向けにすると、上から覆い被さった。

「梨沙、ひとつになろう」

「うん、お義兄ちゃん……ひとつになりたい」

篤史がコンドームに手を伸ばすも、梨沙がそれを止める。

「梨沙?」

「お義兄ちゃん……お義兄ちゃんをじかに感じたいよ」

「で、でも」

困惑する篤史に、梨沙は微笑んだ。

「お義兄ちゃんの子なら、私きっとうれしいと思うから」

「……それは俺もうれしいけど、先のことを考えないと——」

篤史は葛藤しているようだったが、梨沙は譲らない。

「考えてる。私はいま、お義兄ちゃんが、そのままのお義兄ちゃんがほしいんだよ」

「梨沙……」

やがて篤史は持っていたコンドームを棚に戻した。

「中では出さないから。それだけは許して」

「わかった」

梨沙がうなずくと、篤史はすでに勃ち上がっていた己自身を持ち上げる。二度絶頂を迎えても、篤史の陰茎は太さと長さ、硬度を保っていた。

それほどまでに自分がほしいのだろうと思うと、梨沙は興奮する。

梨沙は足を開き、篤史を迎えた。篤史は蜜口に男根の先端をあてがう。

「ふ、ぅ」

快楽の予感に、梨沙が甘く声を上げた。

腰を押し進める篤史が顔をしかめ、快楽の予感に耐える。

「あ、あんっ、やぁ――は、ああ、あああぁっ‼」

隔たりのない感覚は予想以上に気持ちよくて、梨沙は大きく喘いだ。

媚肉が、ゆっくりと押し広げられていく。

固い陰茎が、ズズッと膣壁を擦った。

「やぁあああ、それ、ダメ、すごい、いいっ‼」

「ああっ……俺も、生って、こんなに悦いのか……っ」

梨沙も篤史も夢中になって、挿入の快楽を享受する。ズンッと奥まで入ったとき、ふたりはハアハアと肩で息をしながら、涙目で見つめ合った。

「梨沙……すっごくいいよ」

「お義兄ちゃん、うん、いい。気持ちいい」

何よりも篤史をじかに感じられることがうれしくて、梨沙は微笑む。

篤史は梨沙にキスしながら、挿入の快楽をしばらく味わっていた。

「ん、んぅっ……は、ぅ……ぁ……んん、ぁ、ああ……」

繋がったままの口づけは、なんて甘美なのだろう。このまま一緒にとろけてしまいたいと、梨沙は思う。

「梨沙、俺……もう我慢できそうにないっ」

苦しそうな声で、篤史が懇願してきた。

梨沙はうなずき、篤史の腰に足を回す。

篤史は間もなく抽挿を開始した。

「ああ、あんっ、や、ぁあっ……は、んんぅっ、お、お義兄ちゃぁんっ」

ズン、ズンッと子宮口をノックされると、頭の芯まで恍惚としてくる。

生の篤史は梨沙の中を行ったり来たりして、梨沙を翻弄させた。

「ああ、梨沙、梨沙ぁ」

「んんぅ、お義兄ちゃん、これ、いいよぉっ……あ、あんっ、あ、ああっ、は、ぁ……！」

「やばい、これっ」

「う、んっ、すごい、いいっ」

篤史は梨沙の足を抱え、激しく中を穿つ。

梨沙の臀部に、パン、パンッと、篤史の腰が当たり、素肌が生々しい音を立てた。

「は、ぁっ……や、んんぅ、お義兄ちゃん、お義兄ちゃんっ、あ、ああっ、んぁっ」

「梨沙、梨沙っ」

梨沙はここで、雅人に呼び捨てされたことを思い出す。あのときは嫌悪感でいっぱいだった。でも、好きなひとに呼び捨てにされることは、篤史にとってもきっと甘美な響きだろう。いまの梨沙にとってそうであるように。

「お義兄ちゃん、名前っ、呼んで、いい？　お義兄ちゃんの名前……っ」

「な、まえ？　俺の？」

「うん、うんっ」

真面目な顔で、動きを止めた篤史が聞いてくる。

梨沙は大きくうなずいた。

「お義兄ちゃんのこと、名前で呼びたい……！」

「梨沙……」

「お義兄ちゃん」

篤史はなんとなく気恥ずかしいのか、コホンと一度だけ咳払いする。

「い、いいよ」

「あ、篤史っ」

「梨沙……！」

「ああ、篤史っ」

ふたりは繋がったまま抱き合い、名前を呼び合った。

すると身体中に愉悦が広がり、交合の刺激が増す気がした。

「梨沙、また動くぞ？」

「うん、うんっ」

梨沙がギュッと篤史を抱き締めると、篤史は腰を振り始める。

折り重なった状態で繋がると、最奥のつるりとしこった部分に亀頭が当たり、快楽のボルテージが上がっていく。

「ああっ、や、篤史ぃ、気持ちい、い、気持ちいいよぉっ、あんっ、ああっ」

「梨沙、梨沙っ」

ガツガツと穿つ篤史の額から、汗が流れ落ちた。

「ああ、梨沙っ……好きだ、愛してるっ」

「篤史ぃ……！　私も、私も、好き、好きぃっ……愛してるわっ！」

好きと、愛していると言える幸せを噛み締めながら、梨沙は快感を貪る。

「梨沙、イくっ……俺、もう……っ」

「う、んっ……あああ、私も、私も気持ちい、いっ、イく、イくっ‼」

篤史がさらに激しく熱杭を打ち込み、梨沙はもう快楽の限界だった。

「あ――っ」

くうっと足のつま先を丸め、絶頂の予感に耐える。

瞬間、ガクンと身体が震え、膣内が誘い込むようギュポギュポと蠕動運動を始めた。

「あ、ああ……ぁ……」

その衝撃に、篤史もまた限界突破する。

「あっ――梨沙ぁ……！」

篤史は慌てて陰茎を引き抜き、梨沙の腹部めがけて吐精した。ビュクビュクと精子がほとばしり、白濁が梨沙を濡らす。

疲れ切ったらしい篤史が、梨沙の上に倒れ込んできた。

「梨沙……」

「篤史……」

梨沙は下から篤史を抱き締め、その愛おしさに顔をほころばせる。

篤史もまた梨沙を抱き締めてきた。

「梨沙……俺の恋人――」

「ええ、もう私はあなたのものよ」

「うれしい……」

篤史は顔を上げると、梨沙に向かって微笑む。

梨沙も微笑み、ふたりは唇を重ねるだけのキスをした。


警察署で事情聴取を受けてから、梨沙と篤史は改めて合流した真穂とともに食事をすることになった。

梨沙はふたりに礼の意味もあり、自分がおごると申し出る。

駅近くのファミレスに入り、梨沙と篤史、真穂で向かい合って座った。

注文を終え、ドリンクバーのドリンクをそれぞれ持ってきたところで、ようやく本題に入る。

「いろいろ無事に済んでよかったわね」

真穂の言葉に、梨沙は心から首肯した。

「うん、本当に。真穂もお義兄ちゃんも、今日は何から何までありがとう」

すると真穂も篤史も微笑んでうなずいてくれる。

真穂と篤史の存在があったからこそ、警察署でも梨沙はなんとか被害状況を正確に伝えることができたのだった。

「でも雅人さん、仕事のほうはどうなるんだろう……」

久仁山商事はどちらかというと厳格な会社なので、解雇は確実だと思われた。

「何？　梨沙、あいつの心配するわけ？」

気に入らないといった態の篤史に、梨沙が申し訳なさそうに言う。

「だって……逮捕されたのは、言ってみれば私のせいだもの」

「逮捕されて正解だったのよ、あの怪物は」

真穂がストローでジュースを吸いながら、当然のように告げた。

「会社は当然、解雇するでしょうね」

「やっぱり……」

梨沙は少しばかり責任を感じてしまう。

確かに被害者は自分だったが、こうなる前にもっとやりようがあったかもしれないと、そうも考えられたからだ。

「落ち込むことはぜんぜんないのよ。悪いのはぜんぶ山本さんなんだから」

「そうだね……」

一時でも付き合っていたから、情でもあるのだろうか。

梨沙は複雑な心境で、雅人の今後を憂いた。

「ところでさ」

けれど真穂が淡々と話題を変えたものだから、雅人のことなどすぐにどこかにすっ飛んでいってしまう。

「それより、あんたたちはいつ結婚するわけ？」

「ええっ⁉」

声を上げたのは、梨沙と篤史ふたり一緒だった。

真穂はストローを口元でぷらぷらと遊ばせながら、半ば面白くなさそうに言う。

「何？　今回のことがあって、無事にくっつけたわけでしょ？」

梨沙と篤史は顔を見合わせ、互いに頬を赤くした。

「な、なんでわかるの……？」

「あのね、ふたりの様子を見ていれば想像つくって」

おそるおそるといった梨沙の問いに、真穂はうんざりとしたように答える。

梨沙は呆《ほう》けたように口をパクパクさせ、とんでもない感想を述べた。

「そ、そんなの、まるで処女がわかるって言ってた雅人さんみたいっ」

「犯罪者と一緒にしないで！」

真穂が叫ぶ。彼女が怒るのも当然だろう。

「あんたたちのことは誰でも見ればわかるわよ！」

「そ、そうですか……」

梨沙は恥ずかしくなり、真っ赤な顔を伏せた。

篤史も手持ち無沙汰なのか、意味もないのにコーヒーのカップをつついている。

ふたりが答えないものだから、しばらくは場に沈黙が落ちた。けれどややあって、梨沙が篤史にそっと聞く。十年分ぐらいの勇気を出した問いだ。

「――結婚なんて、ねえ？」

「いや、結婚したい」

まるで冗談だと言ってほしいような言い方だったが、篤史は真面目に言った。

「はあっ⁉」

驚いたのは、とうの梨沙だ。

「いやいや、早いって！　まだ付き合いも始めたばかりなのに！」

真穂がニヤニヤと見守る中、篤史が梨沙に真摯な目を向けてきた。

「梨沙を守れるのは、俺しかいない」

「あ、篤史……」

唖然として、梨沙はグラスを取り落としそうになる。

篤史は真面目な顔で、梨沙を見つめていた。

こんなところでプロポーズされるとは思ってもいなかったので、梨沙は戸惑うばかりだ。

「梨沙をこんなに愛せるのも、俺しかいないから」

「篤史……」

梨沙はなんだか胸のうちから熱い感情がこみ上げてきて、目に涙が浮いてしまう。

ふたりが見つめ合って黙っている中、真穂が空気を変えるようにパンパンと手を叩いた。

「はいはい、ごちそうさま。ふたりの関係はよくわかったから、ご両親に話してみたらどう？」

そう、問題は両親だ。義理であれ自分たちは兄妹で、結婚など夢のまた夢である。たとえ両親が許したとしても、果たして世間が許してくれるだろうか。

「……許してくれないわ」

だから梨沙が鈍く答えるも、篤史は前向きだった。

「話してみようぜ、梨沙」

「でも……もしそのことで家族の間に亀裂が入ったら――」

それが心配だ。

せっかく新しく成り立っていた家族がギクシャクしてしまうことになったら、元も子もない。

「話してみなきゃわからないじゃない」

真穂が当然のように言う。

「あんたたち、うらやましいぐらいいいカップルだもの。意外にもご両親も推奨してくれるかもよ？」

梨沙が篤史のほうを向くと、彼は黙ってうなずいた。

ここで梨沙は、ようやく覚悟を決める。

「わかった。話してみることにするわ」

「応援してるわね！　明日、詳しく結果を教えてよ？」

真穂の心強い言葉に、梨沙と篤史は大きく首を縦に振った。


帰宅後、時刻は夜の十一時になっていたが、篤史は梨沙に早く電話するよう促した。

なんでも彼は、いま答えを知りたいらしい。結婚を急ぐわけではなかったが、早く婚約したことを周囲に認めてもらいたいそうだ。

梨沙がＯＫしたので、婚約したことは確かに事実だけれど、そう言われると意識してしまう梨沙である。

梨沙はドキドキしながらスマホを手に、さっそく父親の忠雄へ電話した。

『もしもし？』

意外にも起きていたようで、忠雄はすぐに通話に応じてくれる。

「あ、もしもし、お父さん？　夜遅くにごめんね」

『いいんだ、まだ起きてたから』

すぐに本題に入ろうと思ったのに、忠雄のほうが畳みかけてきた。

『それよりお前、ちゃんと篤史に面倒見てもらってるのか?』

「み、見てもらってるっていうか……その……」

『その、何だ? 篤史には大事な会社があるんだから、お前もちゃんとサポートしてくれないと!』

まさか一瞬だけ引っ越していたなどとは言えず、梨沙はそれには無言を貫く。

「ま、まあ、いろいろあったけど……」

『いろいろって?』

不穏な響きに忠雄が反応した。梨沙は意を決して、それを言葉にする。

「あのね、お父さん。私、お義兄ちゃんと結婚しようと思うんだけど」

『………』

「も、もしもし?」

篤史もスマホに耳を当てる中、忠雄は黙ってしまう。おそらくあまりのショックに言葉にならないのだと、ふたりは想像した。

「お父さ――」

『一度実家に帰ってきなさい。もちろんお母さんもいるときに』

「それじゃあ……」

期待に胸を弾ませる梨沙と篤史だったが、続いて衝撃的な台詞を聞かされることになる。

『結婚なんて無理に決まってるだろう。お前たちは実の兄妹なんだから』

「え――」

梨沙はスマホを耳に当てたまま、放心していた。

篤史のほうは愕然として、床に膝を落とすのであった。

五章　最後のキス

大事な問題だからと、忙しさが落ち着いた頃合いを見計らって梨沙は会社に一週間の有給休暇を申請した。篤史も同じタイミングでなんとかスケジュールを合わせ、ふたりで月曜日の朝には新幹線に乗り込む。目的は実家のある岩手だ。

指定席にそろって座り、しばらくは車窓を流れる景色をぼんやりと見つめていた。

ふたりとも、余計な情報はほしくないとばかりに、スマホの電源を切っていた。

「なあ、梨沙……」

ぽつりと、ふいに篤史が呟く。

梨沙はハッとして、篤史のほうを向いた。

梨沙と篤史は、忠雄から聞いたことをまだ信じ切れていない。半ば冗談ではないだろうかとすら期待している。

けれど父親がわざわざそんな冗談を言うだろうか——？

しかしそれを突き詰めることが恐ろしい。

「何？」

努めて明るく振る舞い、梨沙は笑みを浮かべる。

梨沙の手は、自然と篤史の手を握っていた。

「俺は、それでもいい」

「え……？」

最初、篤史の言葉の意味がわからず、梨沙は首を傾げる。しかしすぐにそれが、自分たちが実の兄妹であることを指していると気づいた。

「それって――」

梨沙が口を開くと、篤史が手にギュッと力を込める。

「俺はたとえ実の兄妹だったとしても、これからも梨沙を愛することに変わりはない」

「篤史……」

梨沙は眉を下げ、篤史の腕に額を擦りつけた。泣くまいとしたけれど、目には自然と涙が浮いてしまう。

「――私も、私も愛してるのっ……これからも、ずっと……！」

「梨沙っ」

たまらないといった態で、篤史が梨沙を抱き締める。

梨沙は篤史の胸に縋った。

「うっ……く、ぅ……」

悲しみの涙が、次から次へと溢れ出てくる。

「本当に実の兄妹なの……？　私たち、皆に祝福されないの……？」

「泣くなよ、梨沙……俺まで泣きたくなる……っ」

篤史は梨沙を宥《なだ》めるように、優しく彼女の髪を梳きやっていた。

梨沙が涙に濡れた顔を上げる。

篤史を見ると、彼はいまにも泣き出しそうな顔をしていた。

「禁断の関係って思ってたけど、本当になると笑えないね」

フフッと、梨沙が無理に笑ってみせる。

篤史が「そうだな」と小さくうなずいた。それから「なあ」と思いついたように言う。

「真実を知る前に、旅行でもしないか？」

「旅行……？」

魅力的な篤史の提案に、思わず涙が引っ込む。

そんなことをしている場合ではないのかもしれないが、真実を知るときをできるだけ遅らせたいと思うのは、きっと梨沙だけでなく篤史も同じなのだろう。

「このまま福島辺りで降りてさ」

「……うん、いいね」

ふたりとも一週間の休暇の予定だったので、互いに大荷物で来ている。いまさら目的地が福島になろうとも、何も問題はなかった。

「福島なら、私行きたいところがあるの」

「もしかして……」

篤史がニヤッと口角を上げる。

梨沙は篤史と声を合わせた。

「リゾート・ハワイアン！」

互いに「あはは！」と笑い、梨沙と篤史はさっそく新幹線を途中で下車することに決めた。

せっかく一週間ある休暇だ。一日目で絶望を味わう必要はない。どうせなら思い切り楽しんで、思い出作りをしよう、ふたりはそう思ったのである。

それがたとえ〝最後〟になろうとも――。


福島にあるリゾート施設『リゾート・ハワイアン』は、ハワイをモチーフにした温泉施設だ。ホテルやテーマパークがそろった、一年中常夏の楽園である。

巨大なドームの中はまるでハワイのような空間で、ボディスライダー、天空テラス、カフェ、プール、屋内温泉公園、大露天風呂など、さまざまな遊び場がそろっていた。

さすがに梨沙も篤史も水泳用品は持っていなかったので、水着やタオルなどはすべてレンタルする。

八の字の浮き輪に一緒に乗ってスライダーをしたり、流れるプールでまったりと泳いだり、温泉公園すべての温泉に浸かったり、フラダンスのショーを見たりと、梨沙と篤史は楽しめるだけ施設を楽しんだ。

もちろんテラスでお茶したり、アイスに舌鼓を打ったり、食事も充実させる。必要もないのにマカデミアナッツチョコの土産も買い込んだ。

そうして半日遊び倒して、すっかり疲れてしまう。

その後、ふたりは隣接するホテルのひとつにチェックインした。しばらくはこの部屋に逗留しようと思ったのだが——。

「楽しかったね」

窓から沈みゆく夕日を見つめてから、梨沙が笑顔で振り返る。

しかし篤史は憔悴《しょうすい》したようにうつむいていた。

「篤史……?」

篤史の元まで歩み寄り、梨沙が彼の顔を覗き込む。最初は疲れているのかと思ったからだ。

けれど篤史は涙を浮かべ、おもむろに梨沙を抱き締めてきた。

「――梨沙」

「お、義兄ちゃん……」

梨沙の声が、自然と震えてしまう。

遊んでいる間は何も考えないようにして、普通の恋人同士として振る舞っていたから、再び『お義兄ちゃん』と呼んでしまうと、現実に戻ったように感じた。

「大丈夫だよ……まだ、夢は覚めてない……」

そう言い聞かせるけれど、唐突に現実逃避していた自分たちが愚かしく思え、ふたりの夢はとうに覚めていたことに気づかされる。

「無理だよ……これ以上、ここにいても……逃げられない……」

「篤史……」

梨沙は泣きたくなった。

篤史が額を梨沙の胸に擦り寄せてくる。

「梨沙、好きだよ……これ以上愛せないほど、愛してる……」

「うん……うん……私も、私も篤史が好き。心から愛してるわ……」

篤史を抱き締め返し、梨沙は涙を堪えた。

「今日はここに泊まるけど、明日、帰ろう」

「……実家に？」

わかってはいたが、そう聞いてしまう自分が悲しい。東京のマンションに帰れたら、またふたりで毎日を過ごせたら、どんなにいいだろうかと思う。

篤史が顔を上げ、首を縦に振った。

「俺はもう逃げないと約束する」

「篤史……」

「最後に、梨沙とこうして思い出作りができてよかった」

無理やり笑ってみせる篤史を前に、梨沙の涙腺はついに決壊してしまう。

「そんなこと、言わないで、よっ……最後だなんて、言わない、で……！」

「でも──」

「いやだ。これが最後だなんて、ぜったいにいやだ！」

「梨沙……っ」

たまらないといった態で、篤史が梨沙に口づけた。

梨沙と篤史は、強く唇を吸い合う。

「ん、ぅっ……は、ぁ……んん……あ、っ……ぅ……っ」

「梨沙、梨沙っ」

篤史は梨沙の髪に手を差し込み、頭を支え、激しいキスを続けた。

梨沙もまた篤史の首に手を回し、彼を包み込むよう抱き締めてそれを受ける。

「あ、はっ……んぅっ……は、げしっ……あぅっ……う……」

ふたりの唾液が混ざり合い、もうどちらのものかもわからない液体が、梨沙の口角から零れ出た。

篤史はその筋を伝うよう、チュ、チュッと梨沙の頰や顎にキスを散らしていく。

「ああっ……篤史……っ」

愛おしそうに兄を抱き締め、梨沙は恍惚として篤史の愛撫を受け入れた。

「梨沙……俺、思いついたことがあるんだ」

口づけを繰り返しながら、ふいに篤史が言う。

わらにも縋る思いで、梨沙は問いただした。

「うん、何？」

「子供、作ろう？」

「——」

あまりに衝撃的な内容に、梨沙は絶句してしまう。

（は……？　子供——？）

篤史は言葉を続けた。

「もう引き返せないところまで行こう？　そうすれば、誰も俺たちの邪魔はできない」

俺は誰にも俺たちの関係を邪魔させないと、篤史が言い継ぐ。

梨沙は驚きのあまり、なかなか言葉が出てこなかった。呆然として、大きく目を見開くしかない。

「あ、篤史……っ」

戸惑いを隠せない梨沙が、口をパクパクと開閉させている。

篤史は顔を上げ、そんな梨沙を真正面から見つめた。

「言っておくけど、俺は本気だから」

篤史の目は真剣だ。真摯な瞳で、梨沙に承諾の返事を乞うている。

梨沙は困惑していた。

「で、でも……そんな……そんなことしたら、もう……私たち……」

一生背負うことになる罪悪感、そして二度と覆せない背徳、咎《とが》——果たして自分たちは、そんな苦難に耐えられるのだろうか。

「梨沙」

真顔で、篤史が梨沙を呼んだ。

「愛してる。これからも、永遠に」

篤史が微笑んだから、梨沙は屈するしかなかった。

「篤史……」

梨沙の双眸《そうぼう》に、涙が浮かぶ。

(罪悪感？　背徳？　咎？　そんなこと、いまの私たちに関係あるの――？)

こんなに愛してくれるひとこそ、自分の人生ではもう二度と現れないだろう。

「――わかった」

ささやくように、梨沙が言った。覚悟を決めた目には、涙が滲んでいる。

篤史は再び微笑みを浮かべ、梨沙の頬に手を伸ばした。

「未来を夢見よう？　俺と梨沙と、子供と……温かい家庭を築くんだ」

泣き笑いの表情になってしまったけれど、梨沙もまた微笑む。

「うん、素敵な未来だね。三人なら、きっと幸せだと思う……！」

「そうだろう？」

篤史が梨沙の手を取り、その左手の薬指に口づける。まるで永遠の誓いのような行動に、梨沙の心臓がトクンと高鳴った。

そしてそれが合図となり、篤史はいよいよ梨沙をベッドに押し倒す。

「梨沙……好きだよ」

「私もよ、篤史」

篤史が梨沙に覆い被さり、ふたりは再び唇を重ね合った。

チュ、チュッとついばむようなキスのあと、舌を絡め、深く口づけ合う。

「あ、あ……篤史ぃ……は、んんぅ……ぁ……ん、ぁ……っ」

「梨沙の唇、いつまでも吸っていたい」

真面目にそんなことを言うものだから、梨沙は思わず笑った。

「赤ちゃんみたいなこと言わないの！」

「梨沙の赤ちゃんなら、俺、喜んでなりたい」

「え？」

冗談のつもりだったのに、意外にも篤史が率直に答える。

篤史は遠くを見るような目で続けた。

「そしたら梨沙の唇も胸も、すべて俺のものになるから」

「篤史……」

篤史にとって梨沙の存在は、それほど大きなものなのだろう。梨沙にとって篤史の存在がそうであるように。

梨沙は眉を下げ、腕を伸ばして篤史の頭を撫でた。

すると篤史は照れくさそうにムッとする。

「すでに赤ちゃん扱い？」

梨沙がクスクスと笑った。

「違うよ。そんな篤史がかわいいと思っただけ」

「そっか」

篤史は微笑み、再び梨沙に覆い被さってくる。梨沙の耳殻に舌を走らせ、ツウッと舐め上げてきた。それから耳朶を食み、梨沙を翻弄する。

「あっ……それ、ゃ、あ……！」

「梨沙は耳も弱いもんな」

ニヤッと、篤史が笑った。

「そんなこと、な——あ、ああっ」

耳の穴に舌を差し込まれ、前後に出し入れされる。チュプ、チャプっと、唾液の音が間近に聞こえ、耳まで犯されているような気になってしまう。

そのたびにゾクゾクとした刺激が背筋を駆け抜け、梨沙は腰を浮かせた。

「梨沙……好きだ……愛してる……」

篤史が耳を攻めながら、何度も何度も愛をささやく。

愛の言葉と吹き込まれる吐息の感触に、梨沙は思わずクラクラしてしまう。

「あ、ぁ……っ、篤史……、うん、好き……私も好き……愛してるわ……っ」

篤史は梨沙を抱き締めながら、身体をずらしていき、耳から首筋へと唇を辿らせていく。

チュ、チュッと音を立てて吸われ、白い肌に赤い点が散った。今日ばかりは——いや、これからはまったく容赦しないということだろう。篤史は本気で梨沙を抱く気らしい。

「ん、ぅ……あ、あ……は、ぅ……あ、つし……あ、ああ……っ」

それがわかるから、梨沙は余計に感じていた。全身に喜悦が走っていく。指先まで甘く痺れ、篤史の愛撫を待ち望んでいた。

篤史の唇が、鎖骨のくぼみに差しかかる。篤史は丹念にそこをペロペロと舐めた。

「梨沙……汗の味がする」

「やぁ……あ、暑かったから……プールも入ったし……だ、だから――」

シャワーを浴びさせてほしいと懇願したけれど、篤史に一蹴されてしまう。

「浴びさせるとでも思ってるわけ？　俺がどんなに素の梨沙の味が好きか、思い知らせてやるよ」

篤史はニヤリと口角を上げると、梨沙の浴衣を脱がせにかかった。

スルリと簡単に帯がほどけ、あっという間に素肌が夜気に晒される。

すでに日は暮れ、辺りには夜の帳が降りていた。

「あっ……」

梨沙が恥ずかしがる間もなく、篤史がさっそく露わになった乳房にかぶりついてくる。

梨沙の胸は日焼けしたあとで、水着の跡が残っていた。

「ああっ……あつ、し……んんぅっ……は、んぁ……っ」

白くまろやかな乳房に、篤史のキスが容赦なく散らされていく。

チュ、クチュっと、音を立てながら、篤史は乳房の輪郭に沿って丁寧に舐めていった。

「梨沙の胸、本当に好きだ……大きさも、形も、味も」

梨沙は恥ずかしくなり、カアッと頬を赤らめる。

「んんぅっ……そ、そんなに、エッチなこと、言っちゃ、いやぁ……っ」

「どこがエッチなの？」

ククククッと、篤史が喉で笑った。

梨沙は返答に窮して、金魚のようにパクパクと口を開閉させる。具体的に言うほど恥ずかしいことはない。

「だ、だって、味とかっ、やっぱり、恥ずかしい、から――！」

「梨沙の味はおいしいんだよ」

篤史は構わず、愛撫を再開する。梨沙の胸を片手で揉み、反対側の先端を口に含んだ。

「あああっ！」

チュプ、クプッと、わざとらしく唾液の音を出しながら、篤史は梨沙の乳首を攻める。

チュウチュウと吸ったり、クチュクチュとしごいたり、梨沙を籠絡させた。

「ひ、ぁあ……っ、んんぅっ……は、あ、んぅ……あ、ああんっ」

「梨沙……乳首が勃ってきたよ」

両の胸元はすでに、先端がツンと固く天を仰いでいる。

「ん、ん……いちいち、言葉にしない、で……！」

「なんで？」

篤史がクスクス笑うが、梨沙は羞恥から頬を赤らめてしまう。

「だって、篤史、前までそんなんじゃなかったから……！　い、意地悪だよ……！」

「我慢してた」

しれっと、篤史が言った。

「ええっ⁉」

驚く梨沙に、篤史が言葉を継ぐ。

「でも今日はマジで抱くつもりだから、遠慮しなくなっただけ」

「そ、そんなっ」

それならば、これからどんな恥ずかしいことが待っているのだろうかと、梨沙は戦々恐々だ。サアッと青ざめる梨沙に、篤史は苦笑を浮かべた。

「大丈夫。変態的なことはしないって約束するから」

俺はアイツとは違うと、篤史が鼻息も荒く言う。

「……ということは、変態的なこともできるわけなのね？」

おそるおそる聞くと、篤史はそっぽを向いて口笛を吹いた。

その態度から、梨沙はやはり恐ろしくなる。

「わ、私ばかり攻められて悔しいから、私も攻めちゃうからね！」

苦し紛れに、梨沙はそう宣言した。

キョトンとしている篤史をぐいっと引っ張り、ベッドの上で無理やり仰向かせる。自分が上に乗ることで、篤史が起き上がれないようにしてしまった。

「り、梨沙っ⁉」

戸惑う篤史の浴衣の帯をスルスルと外し、彼もまた梨沙と同じように生まれたままの姿にする。

梨沙は見よう見まねという態で、篤史が自分にしてきたことを繰り返そうとした。まずは篤史の耳殻に舌を走らせ、ツウッと舐め上げていく。それから耳朶を食み、様子を窺う。

「あっ……」

どうやら篤史は感じてくれているらしい。

安堵した梨沙は調子に乗って、篤史の耳の穴に舌を丸めて差し込んだ。

「や、め……梨沙っ……くすぐったい……っ」

篤史が半笑いで、梨沙を押しのけようとする。

「それだけ？」

梨沙が耳元でささやくと、篤史がぶるりと震えて腰を浮かせる。

吐息が耳にかかったことで、想像以上に篤史が感じていることがわかった。

「り、さ……今度は、俺の番だか、ら……！」

篤史が懸命に言葉を紡ぐ。

けれど梨沙は譲らなかった。

「ダーメ、私の番！」

起き上がろうとする篤史を無理やり押さえつけ、梨沙はその首筋に舌を這わせる。チュ、チュッと浅黒い素肌を吸いながら、徐々に身体を下にずらしていった。篤史の引き締まった身体に鬱血痕《うっけつこん》を次々に付ける行為は、なかなかの背徳感がある。

「く、ぅ……」

それでも篤史が、こうして感じてくれているのがうれしくて仕方ない。

梨沙は嬉々として、篤史の小さな男の乳房に口づけた。

「あっ……そ、そこは――！」

「男のひとも、感じるのかな？」

未知の探求をするみたいに、梨沙が篤史の乳首をジュッと音を立てて吸う。

すると篤史は「あ！」と大きく反応した。

「篤史、気持ちいい？」

「り、さ……気持ちいい、けど、これは……っ」

篤史は羞恥心を抱いているのか、積極的ではない。

けれど快感を抱いているのならそれでいいと、梨沙は勃ち上がってきた乳首をカリッと甘噛みする。

篤史がビクッと震え、もどかしそうに下半身をもぞもぞと動かした。

梨沙の太ももには、先ほどからずっと篤史の下肢が当たっている。そこはすでに勃起しており、先端からは先走りの液体が滲み出てきていて、梨沙の素肌を濡らしていた。

梨沙はさらに身体を下にずらして、篤史の陰部に口元がくるようにする。

そのまま篤史の勃起した陰茎を口に含もうとしたとき、篤史が初めて異議を唱えてきた。

「梨沙、それなら梨沙は、こっちにお尻を向けて」

「えっ……そ、その体勢は――」

その意味を想像した梨沙が、言葉を失う。

ニヤリと、篤史は笑った。

「シックスナイン、前々から試してみたいと思ってたんだよな」

「……やっぱり変態だ」

ぷうっと頬を膨らませて告げるも、篤史はもうその気のようだ。これはてこでも意見は動かないだろう。

仕方なく梨沙は反対側に尻を向け、おそるおそる篤史の顔を跨《また》いだ。臀部が丸見えになってしまうことに抵抗を覚えたが、篤史のほうは嬉々としている。

「本当に、このまま……？」

羞恥に顔を赤くする梨沙に、当たり前だとばかりに篤史がうなずいた。

「梨沙、もっと腰を落として。じゃないと、届かないから」

「わ、わかった」

言われた通り腰を落とすも、やはり篤史の顔の上に乗ることには抵抗がある。だから気持ちゆっくりと動いていたら、篤史が手を伸ばし、梨沙の腰を摑んでぐいっと自分のほうに引き寄せた。

「ひぁあ⁉」

驚く間もなく、梨沙の秘密の花園に篤史の唇と鼻先が当たる。

そしてさっそく篤史が、梨沙の秘部に口を付けた。

「ひ、ぅっ⁉」

「梨沙……もうこんなに濡らしてたの？」

恥ずかしくて、梨沙は否定するように首をブンブンと横に振る。

けれど梨沙の蜜口はすっかり濡れそぼっており、だらしなく蜜を垂らしていた。梨沙もまたそれにとうに気づいていたが、ずっと知らないふりを続けていたのだった。下腹部より上の愛撫だけでこんなに濡らしてしまうなんて、自分はなんて変態なのだろうと思っていたからだ。

しかしそんなこと篤史は気にもせず、梨沙の蜜口を舌で暴いていく。

「ああっ……この体勢、つら、い……っ」

恥ずかしさと気持ちよさで、わけがわからなくなってくるのだ。

「梨沙もやって？」

篤史がしゃべると、吐息が秘部にかかる。それだけでも感じてしまい、梨沙は大きく吐息を零した。

「んん……っ、わ、わかったぁ……あっ」

篤史の足の間には、すっかり固くなり天を仰いだ男根がある。竿はドクドクと脈打ち、亀頭の先は濡れそぼり、期待に満ちているようだ。

梨沙は下肢から伝わる快感に負けないようにと、意を決して肉棒を口に含んだ。

「んぅ、くっ……ふ、ぅ……ううっ……んんっ……」

必死に篤史をしごきながら、秘部からの刺激に耐える。

篤史は梨沙の臀部を摑むと、さらに自らのほうに引き寄せ、顔に直接跨がらせた。

「あっ⁉ 篤史、そんなことしたら、呼吸が……！」

振り向くけれど、篤史はまったく構わないのか、ズズッと梨沙の愛液をすすっている。

「大丈夫。それにこのほうが興奮するから」

くぐもった声で、篤史が応えた。

「興奮って――ああんっ‼」

未だ抵抗がある梨沙に対して、篤史は慣れたものだ。肉芽を探り当て、そこを重点的に舌で攻めてきていた。

「あああっ……篤史、それ、そこっ……んんぅ、ううっ、は、ぁ……！」

梨沙も懸命に、篤史の剛直を舐める。ビクン、ビクンと脈打つ竿に舌を走らせ、唾液を溜めた口腔内に亀頭を入れチュプチュプと先端をしごいた。

「あ、あ、……それ、いい……梨沙……っ」

篤史も感じてくれているらしく、要所要所で腰が浮いている。そのたびに梨沙の喉の奥にまで亀頭が届き、思わず嘔吐《えず》きそうになったが、篤史のためだとばかりに堪えた。

「んんぅっ……あつ、しぃ……これ、ああっ……も、ダメェ……っ」

秘部からくる快楽のボルテージが、絶頂に向けて上がっていく。

篤史はしつこく淫らな蕾を貪り続け、今度は蜜孔に指を挿入してきた。

「ひ、い、ぁっ……そんなに、しちゃ……っ、あ、あ、っ……んんあっ」

プシッと、蜜口から蜜がほとばしり、篤史の顔を勢いよく濡らす。

「梨沙……甘いよ。梨沙の蜜は、本当に甘い……」

「んんぅ……篤史も、篤史もぉ……」

精子を飲み下した経験はあったから、決してそれが甘くないことは知っていたけれど、いま梨沙が口にしている篤史の巨根は、なぜか確かに甘かったのであった。

グチュ、ズチュと口で音を出しながら、篤史が梨沙を攻めていく。

対する梨沙もクチュ、チュプと唾液の音を立て、篤史を攻めていた。

「ああ……梨沙、俺、そろそろ我慢できそうにない……！」

篤史の限界も近づいているらしい。

梨沙もまた、限界だった。

「んんぅっ……わ、私も、私も——ああっ、篤史ぃ……ん、ぁあ、あ！」

そのまま達し合うのかと思いきや、篤史が梨沙を押しのけて起き上がる。

支柱を失って、梨沙のほうは自然にベッドに倒れ込んだ。

ハアハアと梨沙が息を乱していると、同じく息を切らせた篤史が上から覆い被さってくる。その瞳は情欲に閃《ひらめ》き、梨沙の姿を煌々《こうこう》と映していた。

「梨沙……ひとつになろう?」

どうやら篤史は、ひとつになった状態で達し合いたいようだ。

梨沙もまた同じ気持ちだったので、自ら足を広げて篤史を迎えた。

「篤史、篤史……うん、うんっ」

梨沙が何度もうなずくと、篤史は微笑む。

篤史は梨沙の足の間に身体を滑り込ませ、梨沙の片足を抱え上げた。

ぐっしょりと濡れてとろとろの蜜口に、篤史の熱杭の先端があてがわれる。

「んんっ」

それだけで感じてしまい、蜜壺はさらなる蜜をたたえた。

「梨沙、いくよ？」

「うん、うん」

早くほしいとばかりに何度も首肯すると、篤史がククッと楽しそうに口角を上げる。それから彼は、ゆっくりと腰を進めた。

「んんっ、あ、ぁ……あ、あああああっ‼」
ズ、ズズッと、媚肉が徐々に押し広げられていく。
膣壁が擦られ、太く長い陰茎が子宮口めがけて進んでいく。

熱杭が、いよいよ梨沙の中に打ち込まれた。

「ああ、それ、気持ちいいっ、ああぁ、ああっ」

「くっ……俺も――！」

締めつけられる感覚が悦いのか、篤史が顔をしかめた。

中を広げられ、最奥まで暴かれ、梨沙は疼痛にビクビクと身体を震わせる。

「あ、はぁっ……いい、よぉ……っ」

篤史のことが愛おしくて、愛おしくて、梨沙は涙を浮かべて彼を抱き締めた。

篤史もまた梨沙を抱き締め、ふたりは抱き合ったままひとつになる。

「篤史ぃ……好き、好きぃ……」

「俺も梨沙が好きだよ」

言うや否や、篤史が遠慮なく抽挿を開始する。

ズン、ズン！　と、浅く、ときには深く突き上げ、梨沙を翻弄させた。

「あああっ、んぁっ、は、や、ぁあっ、んんぁっ、はんっ、あんっ」

引かれたときの喪失感と、埋められたときの充足感に振り回され、何がなんだかわからなくなってしまう。ただ与えられる快楽だけは、確かなものとして存在した。

「梨沙、梨沙っ」

篤史は梨沙を呼びながら、懸命に腰を振っている。

結合部からは、汗と性液が混ざった音が鳴り、ジュプジュプと薄暗い室内に響いていた。

淫靡な色に染まる部屋に、梨沙と篤史の交合だけが浮かび上がる。

篤史がグッと折り重なってきて、梨沙の最奥をズンッと突き上げた。

「あんっ、やんっ、は、ぁあっ、んん、深い、深いぃっ、あ、ああんっ」

最奥のつるりとしこった部分に篤史の先端が当たり、絶頂に導いていく。

梨沙は篤史の手を取り、ふたりは離れないようギュッと手を繋ぎ合った。

涙の浮いた目を合わせ、情欲の宿った瞳で見つめ合う。

「梨沙っ……愛してる。愛してるよ……！」

「あああ、私も、私も愛してる、篤史のこと、愛してるのぉ……！」

荒々しい口づけを繰り返しながら、互いに快楽を貪った。

ズクン、ズクンと、子宮口がノックされるたび、脳天が揺さぶられるようだ。このままでは頭がおかしくなりそうだ。

快楽の頂点に駆け上がり、もっともっと感じていたいのに、梨沙はもう限界を感じていた。

「んんぁっ、篤史ぃ、……も、もうっ……私、これ以上はぁ……あ、あああっ」

「いいよ、梨沙っ……一緒に、一緒にイこう……！」

より深く腰を入れ、篤史は梨沙を頂点に引っ張っていく。

パン、パン！　と、肌と肌が打ち合わされる音が響き、ふたりの愉悦に拍車をかけた。

「く、うぅ……っ」

絶頂の予感に息を詰め、梨沙は篤史を強く抱き締める。

瞬間、ガクンガクンと、身体が痙攣した。達したことで膣内が蠕動運動を始め、ギュポギュポと膨らんだ雄を奥へと誘う。

身体が弛緩して、手足がクタリとベッドに投げ出された。

「ああ、梨沙っ……そんなに締めつけたら――――！」

「いいの、きて？　篤史、私の中に……っ」

梨沙の願いが、間もなく叶う。

そして篤史の願いもまた、もう間近だった。

「梨沙……一緒に――」

篤史は意を決したように膣内で吐精し、子宮に白濁を注ぎ込んだ。

熱い飛沫を胎内で感じて、梨沙は充足感に吐息を漏らす。

「梨沙、梨沙……っ」

最後の残滓に至るまで注ぎ、篤史は梨沙の中で果てた。

繋がったままふたりは抱き合い、愛を確かめ合うよう互いを見つめた。

「これで、よかったんだよな？」

「ええ。私は、後悔なんかしてない」

真面目に答える梨沙に、篤史は優しい口づけをする。

結合部からは、とろとろと白濁が染み出してくるのだった。


翌日、梨沙と篤史はまた新幹線に乗り、岩手の実家に赴いた。

曇天の下、まるで空も自分たちのことを否定しているように思えて、梨沙は自然と気が重くなる。けれど今日という日を最良のものにするため、梨沙と篤史は向き合わなければならない。

実家の前まで辿り着き、梨沙と篤史は顔を見合わせた。

ふたりはうなずき合い、意を決したように手を繋ぐ。

それから梨沙はゴクリと固唾を呑んでから、覚悟してインターホンを押した。

間もなく父親の忠雄が出てくるが、玄関ドアを開いて娘と息子を前にするなり押し黙ってしまう。眼鏡《めがね》の奥の厳格な瞳には、確かな嫌悪を滲ませていた。

「お、お父さん……ただいま」

「父さん、久しぶり」

梨沙と篤史は互いに一歩も譲らない真面目な表情で、父親に向き合う。

ややあって忠雄が、喉から声を振り絞ったように掠《かす》れた声で応えた。

「——手なんか繋いで……どうしたんだ、いったい……？」

「だからお父さん、電話で話した通り——」

梨沙が矢継ぎ早に答え、篤史が畳みかける。

「俺たち、結婚したいんだ。今日は、その許しをもらいに来た」

忠雄は額を押さえ、かぶりを振るが、とりあえずといった態でふたりを家に入れた。

「まずは家に入りなさい。話はそれからだ」

梨沙と篤史は忠雄に続き、なんだか他人の家のように思える家の敷居を跨いだのである。


「単刀直入に言うと、お前たちは実の兄妹だ」

和室の居間のローテーブルを前に、梨沙と篤史、忠雄が向き合って座る中、忠雄がそう切り出した。テーブルの上には緑茶が三人分用意されていたが、先ほどから誰も口を付けておらず、湯飲みはすっかり冷め切ってしまっている。

「結婚どころか交際もできない。いや、できないんじゃない。倫理的に許されていないんだ」

「……っ」

梨沙と篤史は改めて愕然として、矢継ぎ早に忠雄に理由を問う。

「な、なんで……そんなこと――だって、私たちが実の兄妹だなんて、そんなこと、一度も言ったことないじゃない！」

「そうだよ！　俺たちはだから、ずっと義理の兄妹だと思ってたんだぞ！　だから、だから俺たちは――！」

娘と息子の勢いにやや気圧されながらも、忠雄は大きな溜息をついてから、過去を説明し始めた。

「わたしと文子は、再婚するより前に付き合っていたことがあるんだ。再婚より十年前のことだな。最終的にふたりとも別のひとを選んで結婚することになったわけだが、結局は互いに離婚したところまではわかるな？」

梨沙はうなずくも、まさか父親が再婚前にすでに義理の母親のはずの文子と出会い、交際していたとは初耳で驚きを隠せない。

篤史も同じようで、続く話の予感からか絶句していた。

忠雄が言葉を継ぐ。

「わたしたちは久しぶりに出会い、意気投合して再婚することになった。そこで文子に息子がいることを知ったんだ。間違いなくわたしと付き合っていた期間にできた子だ。それが篤史、お前なんだ……！」

篤史は何も言えないでいる。何も言い出せず、考え込むように口をつぐんだままだ。

梨沙はそんな彼になんと声をかけていいかわからなくて、忠雄に怒りをぶつけた。

「それならなんで、最初からそう言ってくれなかったの⁉　どうしていままでずっと隠してたの⁉」

当たり前の疑問だろう。梨沙が怒るのも無理はない。

「わたしがいくら問いただしても、文子が話そうとしなかったからだ！」

それればかりは自分も納得しかねているとばかりに、忠雄が言う。

「文子は、篤史は結婚した男の子だと言い張った。だが、結婚した男と付き合った期間と、わたしと付き合っていた期間は被っていない。だから文子は隠しているが、必然的に篤史は、わたしの子になるんだ！　わたしはそう思ってお前を育ててきた！」

忠雄は、今度は申し訳なさそうにした。

「こんなことになるのなら、お前たちにはしっかりと話しておくんだった……わたしたちは本当に間違ったことをしたと思っている……！」

「お父さん……」

父親が気の毒になり、梨沙が言葉をかけようとする。

けれど口を開いたのは、篤史のほうが早かった。

「だとしても！　俺は梨沙――梨沙と結婚する。たとえ世界を敵に回しても、俺は梨沙を愛すると誓ったんだ！」

「いい加減にしなさい‼」

忠雄の一喝に、篤史だけでなく梨沙もビクリとすくみ上がる。

「いつまでも子供じゃないんだから、わがままも大概にするんだ！　梨沙、篤史。いまなら引き返せる。ふたりの関係はなかったことにしなさい！」

「そんな……」

梨沙の瞳に涙が浮かぶ。最愛の篤史と別れるなんて、もうとても考えられないのに。

「お父さん、私も篤史を愛してるの……もう、もう引き返せないのよ……っ」

「どういう、ことだ？」

訝しげに、忠雄が問うてきた。

それに答えたのは、篤史だった。

「俺たち、避妊なしで性行為をした。子供を作る気で。もし本当に子供ができたら、父さんは堕胎しろというのか？」

篤史がまっすぐな目で、射貫くように忠雄を見つめる。

忠雄はショックのあまり、口が利けなくなったようだ。

梨沙はうつむき、溢れ出る涙をハンカチで拭っていた。

そのとき、間延びした声が玄関から響く。

「お父さん、ただいま帰りましたよ〜！」

居間に集った全員が、玄関のほうを振り向いた。声からして、どうやら文子がようやく帰宅したのだ。

硬直した三人が出迎えるために動き出すよりも前に、文子が先に居間に到着する。

「あらあら、皆おそろいで……篤史も梨沙も、今日帰るならひとこと言っておいてくれればよかったのに！　水くさいわねえ。お母さん、ふたりがいると思わないから、さっきまで地区の寄り合いで遅く――」

「母さん‼　なんてことをしてくれたんだよ……！」

篤史が怒りのあまりか、文子を見るなり、立ち上がって彼女に詰め寄った。

梨沙と忠雄も慌てて立ち上がり、篤史を止めようとふたりの間に割って入る。

「やめて、篤史！」

「やめなさい、篤史！」

「やめられるか！　母さんのせいで、俺は、俺たちは――っ！」

文子の胸ぐらを掴む篤史の目に、涙が込み上げてきた。彼は泣きながら、母親に向かって懇願する。

「頼むから嘘だと言ってくれ……！　頼むから、俺と梨沙が実の兄妹だなんて、嘘だって……‼」

「篤史、もうやめなさい！」

「篤史っ」

忠雄が文子から篤史を無理やり引き剥がすと、そのまま床に引き倒した。

梨沙が倒れた篤史の元に駆け寄り、嗚咽《おえつ》を堪える彼の背中をさする。

「うっ……く……っ」

篤史は畳を叩き、ボロボロと涙を零していた。

訳がわからないといった態で唖然としていたのは、この中でひとり文子だ。

「嘘よ」

「え？」

そんな文子のひとことに、全員が固まった。

文子は未だ何がなんだかわからないという顔をしながらも、不可解そうに話を続ける。

「そんなこと誰が言ったんだか知らないけれど、あんたたちが実の兄妹だなんて嘘に決まってるじゃない！　篤史と梨沙は、間違いなく義理の兄妹よ！」

梨沙と篤史、忠雄が顔を上げ、それぞれ目を合わせた。

その状況を鑑みてか、文子がわかったように忠雄に向かって叫ぶ。

「さてはお父さん、あのことをまだ信じてたの⁉」

「あ、あのことって、お前が真実を話さないから、わたしが――」

「もうっ、お父さん！　篤史と梨沙になんて言ったかわからないけれど、篤史は間違いなくあなたの子じゃありませんからね⁉」

文子の猛攻に、忠雄があわあわと慌てるが、ここぞとばかりに反撃に出た。

「そ、そんなわけないだろう⁉　だって幹夫《みきお》くんと結婚したのは知り合ってすぐじゃないか！　それよりも前に篤史ができてたんだ！　わたしの子供としてしかあり得ないだろう⁉」

「幹夫と出会ったのは、あなたと前に付き合ってたときだったのよ！」

幹夫とはおそらく文子の前の結婚相手だろうと、梨沙は話の流れから推測する。

しかしふたりのやりとりからして、どうやら分が悪いのは文子のほうらしい。

文子は非常に言いにくそうに、忠雄に真実を告げた。

「幹夫とあなたと、私は二股をかけていたの‼」

「ええ～っ⁉」

文子以外、三人の驚愕の絶叫がそろったのは言うまでもない。

文子はコホンと咳払いしてから、恥ずかしい過去なのか、やや頬を赤らめて話し出した。

「あなたには、あのときはもう愛想が尽きていたの！　関係は確かにあったけれど、避妊はちゃんとしてたでしょ⁉　でも幹夫とは……その……あのときのあなたに対する鬱憤もあって、避妊なしの、しかも中出しでセックスしちゃったのよ‼」

「ええ～っ⁉」

今度は梨沙と篤史、ふたりの絶叫がこだまする。

忠雄は再び、ショックのあまり口が利けなくなったようだ。

言いたいことを言い尽くしたからか、文子が開き直る。

「だから篤史は、間違いなく幹夫と私の子なんです！　だから篤史と梨沙が実の兄妹だなんてぜったいにあり得ないの！」

篤史も梨沙も、お父さんの言うことを簡単に信じるんじゃないの！　と、なぜか文子は説教モードだ。

「本当に……？」

ひとり我に返ったのは、梨沙だった。

「本当に、私と篤史は実の兄妹じゃないのね……？」

「だからそう言ってるでしょう？　もう！　お父さんに何を吹き込まれたのか知らないけど、お父さんにも前々から違うってちゃんと言い聞かせてたのに！」

「篤史……っ」

梨沙は、今度はうれし涙を浮かべ、篤史に声をかける。

篤史もまた振り向き、思わずふたりはガバッと抱き締め合った。

「あらあら」

文子はそれだけで、何があったか察してくれたらしい。

「そう……そうだったの。あなたたち、いつの間に……」

母親らしい微笑みを浮かべるも、穏やかではない相手がひとりだけいた。忠雄だ。

「おい、母さん」

「は、はい」

たじろく文子を、忠雄は怒りの形相で見つめた。

「わたしと幹夫くん、二股かけていたのか……？」

「あ、あなた……その話は、子供たちがいないときにでも……」

文子がしどろもどろなのがおかしくて、梨沙と篤史は笑い合う。

「笑いごとじゃないんだぞ‼」

忠雄が一喝するが、これぱかりは笑わずにいられないふたりだったのである。


時間を置いて忠雄が落ち着いてから、梨沙と篤史は改めて両親に結婚の報告をした。

「――というわけで、私と篤史は愛し合うようになったの。それだけじゃなく、結婚の約束もして……」

「うん。梨沙のことは、俺が一生幸せにするって誓ったんだ。梨沙を好きな気持ちは、誰にも負けないつもりだ」

これ、つまらないものだけど……と、いまさらながら『リゾート・ハワイアン』で買った土産のマカデミアナッツチョコをふたりが差し出す。

真面目な話だったので忠雄は腕を組んでうつむいていたが、文子はうれしそうにそれを受け取った。

「まあまあ、あなたたち福島に寄ったのね？　うれしいわぁ、お母さん、このチョコ大好きなの！　あそこでしか買えないのよねえ！」

「……そこで中出しセックスしたんだと」

先の文子の言葉を引用してか、忠雄がむっつりと事実を明確に述べる。

それに気づいた文子が、「うっ」と言葉に窮した。

そんな言い方をされて梨沙と篤史は顔を赤く染めるも、ふたりはしっかりと未来への計画を口にした。

「安易な気持ちでそんなことしたんじゃないの！　実の兄妹だと思っていたから、退路を断ちたいというのも確かにあったことは否定しないけれど、篤史と生きていくために必要だったのよ……！」

「ああ。俺も梨沙をつらい目に遭わせようなんて微塵も思ってない。責任は取るつもりだ。それもふたりで生きていくための決断だったんだ」

梨沙が続ける。

「結婚して、素敵な家庭を築いて、私がんばりたいの」

忠雄も文子もわだかまりが何もなくなったところで、心から喜んでくれた。

「そうか。梨沙には危ういところがあるからな。篤史のようなしっかりした兄と一緒にいてくれるなら、こっちも安心だ」

「ええ。ふたりならお似合いよ〜！　篤史、いい男に産んでおいたんだから、いい父親になれるよう努力しなさいよね！　梨沙を泣かせない、そして困らせないこと！」

梨沙と篤史はにっこりと笑い合った。

「ありがとう。お父さん、お母さん」

「父さん、母さん。ありがとう」

実の兄妹ではなかったこと、無事に両親の許可が取れたことで、梨沙と篤史は心から胸を撫で下ろすことができた。長い旅から、これでようやく帰れるような気がした。

「それにしても篤史、あなた、アメリカの件はどうなったの？　もちろん梨沙にはちゃんと話してるんでしょう？」

「アメリカ……？」

初めて聞く単語に、梨沙は小首を傾げる。

梨沙の反応を見て、文子が穏やかではいられなくなった。

「ちょっと篤史！　なんで大事なこと、梨沙に言ってないの⁉」

篤史はうつむいている。

梨沙は隣の篤史に問いただした。

「篤史、アメリカって、どういうこと……？」

遠い異国の地と篤史がどう関係あるのか、梨沙は不安になる。

篤史は顔を上げ、梨沙に訥々《とつとつ》と話し始めた。

「実は……梨沙とこうなる前から、うちの会社とアメリカの会社との業務提携の話が出てたんだ」

その言葉に、梨沙の心臓はドクドクと高鳴っていく。

篤史の話は続く。

「だからしばらくアメリカに行くことになるかもしれないって、母さんと父さんには先に言ってて……」

「アメリカに、行っちゃうの？　嘘……いつ？」

「そう遠くない日には。まだ確定してなかったから、梨沙には言ってなかったんだ。本当にごめん」

思わず涙が浮かぶ梨沙に、篤史は真摯に謝罪した。

「梨沙とこうなれるなんて思わなかったし、ストーカー被害とか、それどころじゃなかっただろう？　でも、ちゃんと最初に言わないで本当に悪かったと思ってる」

「帰ってきて、くれるんだよね？」

「もちろん！」

梨沙の泣きそうな問いに、篤史は何度もうなずく。

「必ず帰ってくるから、結婚式は落ち着いたら挙げような？」

「篤史……っ」

梨沙はついに泣き出してしまい、篤史に縋った。

篤史は梨沙を抱き締め、優しく頭を撫でる。

そのやりとりを見守っていた忠雄と文子は、安堵の溜息をついた。

「やれやれ、問題が多い義兄妹だな」

「ええ、本当。でもまとまりそうでよかったわね」


その夜、梨沙と篤史は久々に実家に泊まった。さすがに両親の手前、イチャイチャすることははばかられたので、部屋はかつてここで暮らしていたときのまま、別々にする。

文子の手料理を食べ、忠雄の晩酌に付き合い、ふたりが幹夫のことで喧嘩を始めたので止めていたら——部屋に戻ったときには、もう夜中の〇時を回っていた。

さすがに眠いと自室のドアを開けたところで、一緒に階段を上がってきた篤史に引き留められる。

「梨沙」

「何？　篤史」

目をこすり、梨沙は篤史のほうを向いた。

「俺、必ず梨沙を迎えに行くから」

「篤史……」

篤史が顔を寄せてきたので、梨沙は自然と上向く。

チュッと、唇を重ねるだけのキスをした。

ふたりは顔を見合わせ、眉を下げて笑い合う。うれしいのか悲しいのか、わからなかったからだ。

「だから、待っててくれ」

篤史はそれだけ言うと、軽く手を振って自室に消えていく。

その背を見送りながら、梨沙はこれが結婚前最後のキスなのだと思っていた。

終章　永久に離れない愛

「まさか梨沙が育休とはねえ……」

会社の昼休み、いつもの屋上のベンチで溜息交じりに真穂に言われ、梨沙はなんだか照れてしまう。梨沙のお腹はすでに大きく、あと二ヶ月後が出産予定日だった。

「まさかあの一回でできちゃうとは思ってなかったんだけど、神さまが叶えてくれたみたいで……」

あの『リゾート・ハワイアン』での交わりは実を結び、梨沙に新しい命を与えてくれた。

梨沙と篤史の願いは叶い、結婚前ではあるというのだけがネックだったけれど、ふたりは幸せを手に入れたことになったのだ。

エヘへと笑うと、真穂に小突かれる。

「この幸せ者め！　あたしなんていまだに合コンしてるってのに」

ブツブツ愚痴を吐く真穂の外見も中身も、とても男に困るようなタイプには見えない。

だから梨沙は不思議に思う。

「そう言えば雅人さん、真穂が〝完璧〟だって言ってたよ」

雅人に以前言われたことを思い出し、梨沙がふいに言った。めでたい話のはずなのに縁起の悪い人物の名が出てきたからか、真穂が不穏な声を上げる。

「それは光栄だけど、こんなときに拘置所の人間について話すのはいただけないわね」

「拘置所かあ……裁判、まだ続いてるんだよね？」

そう、梨沙の元彼である山本雅人はいま、被告人として拘置所に収容されていた。いままさに刑事裁判中なのである。

梨沙も関わりがあることなので陳述書を出して意見を述べていたが、被害者が予想以上に多くて判決までに時間がかかっているらしい。

「そう。大変だろうけど、それだけのことをしたんだから仕方ないでしょ」

「そう、だね……」

一時は彼氏だったこともあるので複雑な思いを抱きながら、梨沙は雅人の行く末を思う。

梨沙が黙っていると、真穂が元気づけるように肩を抱いてきた。

「ねえ、梨沙」

「ん？」

「子供ができても、あたしたち親友でいられるよね？」

真穂の意外な台詞に、梨沙は目を瞬かせる。

「何言ってるの。そんなの当たり前じゃない」

「でも――」

と、真穂は浮かない顔だ。梨沙がそんな真穂の顔を覗き込むと、彼女は苦笑した。

「ごめんね、大事なときなのに。ほら、子供ができて環境が変わると、周囲の人間も変わっていくじゃない？　いまだに男あさりしてるあたしと、梨沙は一緒にいてくれるのかなって思っちゃってさ」

「真穂……」

梨沙はなんだか泣きそうになり、真穂の肩を抱き返す。

「真穂は永遠の親友だよ。約束する」

「梨沙……ありがとう」

エヘヘッとふたりで涙目になりながら笑い、友情を確かめ合うと、話題は自然と変わっていった。

「篤史さん、今夜アメリカから一時帰国するんでしょ？」

梨沙は微笑んでうなずく。

「うん！　今日で私の仕事もいったん終わりだから、それに合わせてくれたみたい」

「そっかあ……結婚するんだもんねえ。この幸せ者が！」

二度も同じ台詞で小突かれ、梨沙はそんなに自分はニヤけていたのかと反省した。

会社が終わってマンションに帰宅すると、篤史が出迎えてくれた。

久しぶりの再会に嬉々として、梨沙は篤史と何度も何度も抱き合ってキスをする。梨沙の腹部を考慮して、篤史はそれ以上を求めてくることはなかったが、決して我慢していないわけではないと言われてしまい、梨沙はここでも照れてしまった。

「篤史、アメリカはどう？　仕事、うまくいってる？」

ふたりで食卓を囲みながら、近況報告に花を咲かせる。

梨沙も会社を辞めたことと、真穂のこと、雅人のことなんかを話して聞かせていた。

「ああ。日常会話程度の英語は大丈夫なんだけど、専門用語がまだぜんぶは入ってこなくてさ。そこら辺は苦労してるけど、なんとかうまくいく目処は立ってきたところ」

「本当に？　よかったあ」

篤史が楽しんで仕事に従事してくれているのなら、送り出したかいもあるというものだ。

梨沙はうれしくなり、食が進んだ。最近は特に体重に気をつけるよう産科医に言われていたのだが、篤史と会えた喜びもあって、ついつい白米をおかわりまでしてしまう。

そんな幸せそうな梨沙を見つめ、篤史は微笑んだ。

「梨沙、体調よさそうでよかった。毎日電話とメールはしてるけど、傍にいなきゃわからないことってあるもんな。傍にいて、触れて、感じて、初めて大丈夫なんだって思えたよ」

「篤史……ありがとう」

梨沙は箸を置き、篤史に向き直る。

「ありがたいことに皆、協力的でね。真穂とは今後も定期的に会うし、お母さんとお父さんも毎月上京してきてくれるの。だから篤史がいないのは心細いけど、寂しくないよ。出産もひとりでがんばってみせるから」

「梨沙……」

篤史が手を伸ばし、テーブルの上で梨沙の手を握った。

「大事なときにひとりにしてごめんな。生まれるのがいつかはっきりすれば俺もそれに合わせて帰国できるんだけど、前々から決めておかないと出られなくてさ。でも出産予定日には一応また帰国できるようにするつもりだから」

そのとき出てきてくれよ～と、篤史が梨沙の膨らんだ腹部に話しかける。

梨沙がクスクスと笑った。

「この子は希望したときにできてくれたし、それもきっと叶えてくれる気がするわ」

「確かに」

篤史も笑う。

「そう言えば性別、医者に聞かなかったんだな?」

「うん。どっちでもいいの」

梨沙は箸を取り、白米を口に入れてモゴモゴと言った。いまの梨沙は、最愛の篤史が手を握ってこようとも、残念ながら食欲には勝てない。

「だって女でも男でも、私たちの子供には違いないじゃない?」

「そうだね。俺もどっちでもいいな」

篤史も食事に戻り、納得するようにうなずいた。

「でも、じゃあ願ってみないか?」

「どういう意味?」

キョトンとする梨沙に、篤史がニヤッと口角を上げる。

「俺たちの願いをまた神さまが叶えてくれるかどうか、確かめるのさ」

「それって……」

「さあ、梨沙は女と男、どっちがいい?」

篤史の問いに、梨沙は数分悩んだあと答えた。


出産予定日に陣痛がきて、梨沙は見事に篤史の帰国中に子供を産んでみせた。

「お疲れさま、梨沙」

ベッドの上の梨沙の手を取り、篤史が涙目で労う。

「ありがとう……篤史……私、少し疲れちゃったみたい……」

出産の疲れから、半分無意識的に梨沙が言った。もう片方の手には、小さな赤子が抱かれている。

「でもまさか、性別が梨沙の言う通りになるとは思わなかったよ」

篤史が驚きを隠せず、赤子を見つめた。

「俺たち、やっぱり神さまがついていてくれているのかなあ？」

「ふふふ……そうじゃないの？」

梨沙は赤子を胸に抱き、眠さを堪えて顔を覗き込む。

すやすやと眠る赤子の性別は、梨沙が予言した通り、男の子だった。

あのとき梨沙は、篤史に次のように言っていた。

『強いて言うなら、男の子がいいかな？　だっていい兄になってくれれば、妹ができたときも安心できるし。兄妹がどんなにいい関係か、身をもって知ってるからね』

「まあ、私も男の子だって言われたときには驚いたけどね」

梨沙が赤子の頬をかりかりと指先で撫でると、赤子は口をむぐむぐさせる。それがかわいくて、梨沙も篤史もほっこりしてしまう。

「これは、妹を作らなきゃだな……」

篤史が深刻そうに、けれど真剣な目で言った。梨沙がクスクスと笑う。

「そうだね。なんだかそれも叶いそうな気がして怖いよ」

あ、でも！　と、梨沙は声を上げた。

「義兄妹じゃないんだから、性教育はきちんとしないとね！」

「……さすがにそれは大丈夫なんじゃ――？」

おそるおそるといった態の篤史に、梨沙がぷうっと頬を膨らませる。

「誰が最初に襲ってきたんだっけ？」

「…………すみません。子供の性教育には力を入れます」

篤史の反省に、梨沙は微笑んだ。

「いいの。それがあったから、いまがあるんだもの……ねえ、篤史？」

「なんだい？」

「私、なんだかとっても眠いの……また起きたら話そう、ね？」

「うん、ゆっくりお休み」

篤史に見守られながら、梨沙は幸せの中、ゆっくりと瞼《まぶた》を閉じた。

了

あとがき

このたびは数ある乙女系小説の中から拙作を選んでお買い上げくださり、誠にありがとうございます。またここまでお付き合いいただきましたこと、心よりお礼申し上げます。

ハーパーコリンズ・ジャパンのヴァニラ文庫さまに機会をいただき、こうして皆さまとお会いすることができました。改めまして、御子柴《みこしば》くれはと申します。普段は作家や編集者として、また漫画原作、YouTubeシナリオの執筆など、多岐にわたって活動しております。

本作は筆者紙で初の義兄妹ものになります。お口に合うようでしたら、合わなくても、ぜひお気軽にご意見・ご感想等、出版社までお寄せください。お待ちしております。

末筆ながら失礼いたします。ここで謝辞を述べさせてください。

文章から内容をイメージしやすいよう素晴らしいイラストを描いてくださったさばるどろ先生。本作をご購入された方の多くは書店に並べられた表紙をご覧になり、素敵な絵の吸引力からお手に取ってくださったことと思います。さばるどろ先生のご尽力には感謝してもしきれません。お忙しい中、本当にありがとうございました。

ヴァニラ文庫の担当編集さま。毎度迅速にご対応、また懇切丁寧にご指導くださり、とても作業がスムーズに進みました。こちらも本当にありがとうございました。ご多忙にもかかわらず、ご迷惑やご面倒をおかけし続けましたこと、心よりお詫び申し上げます。おかげさまで、いまこうして無事に発売まで漕ぎ着けることができました。

そして家族や相方、友人、知人。病院や弁護士の先生方など。予期せぬアクシデントにより体調や精神状態を崩した私をいつも支えてくださったことで心強く、なんとか最後まで書ききることができました。これからも何卒、よろしくお願いいたします。

ハーパーコリンズ・ジャパンの皆さまを筆頭に、校正さん、取り次ぎ先、印刷所や各書店さまなど、この物語を本にするにあたり関わってくださったすべての皆さま、本当にありがとうございます。

最後に拙作をご購入くださり、貴重なお時間を使って読んでくださった読者さま。本当に本当にありがとうございました。次回もどこかでお会いできることを祈っております。

二〇二三年吉日　御子柴くれは　拝

お義兄様の独占愛が強すぎます！
～エリート社長と溺甘同居～

Vanilla文庫 Miel

2023年2月5日　第1刷発行　　定価はカバーに表示してあります

著　作　御子柴くれは　©KUREHA MIKOSHIBA 2023
装　画　さばるどろ
発行人　鈴木幸辰
発行所　株式会社ハーパーコリンズ・ジャパン
東京都千代田区大手町1-5-1
電話　03-6269-2883（営業）
0570-008091（読者サービス係）

印刷・製本　中央精版印刷株式会社

Printed in Japan ©K.K.HarperCollins Japan 2023 ISBN978-4-596-76805-6